AF466359

VICTOR BENOIST ET Cie — ÉDITION ILLUSTRÉE — RUE GIT-LE-CŒUR, 10, PARIS

LE COLPORTEUR BANDIT

On découvrit un sanglier monstrueux. — Page 4.

PAR

H.-ÉMILE CHEVALIER

1re LIVRAISON.

A Monsieur le Docteur VANIER

A L'ISLE-ADAM (SEINE-ET-OISE)

Témoignage de profonde reconnaissance pour les soins si efficaces et si délicats qu'il a donnés à l'auteur, en lui sauvant la vie.

H.-ÉMILE CHEVALIER.

Ancien Conseiller municipal de Paris et Conseiller général de la Seine.

Paris, rue Lourmel, 19 (1878).

PREMIÈRE PARTIE

I

LE COLPORTEUR.

A quatre kilomètres de Tanlay, si justement renommé par un merveilleux château du seizième siècle, avec lequel seul peut rivaliser d'élégance, de richesse architecturiale et sculpturale, le château de Chambord, s'élève, dans le Tonnerrois, un tout petit village, ayant nom Baon.

Paisible et délicieuse solitude, épanouie, à mi-côte de l'une des deux collines qui l'abritent contre les vents, contre le tumulte des grandes affaires politiques, Baon est encore tout loin de la civilisation moderne.

A une lieue de sa gracieuse enceinte court un chemin de fer, celui de Paris à Lyon; mais il ne s'en soucie guère, et je suis sûr, qu'à l'heure où j'écris ces lignes, plus d'un de ces rustiques habitants n'a pas encore vu une locomotive. Tous, du reste, sont et ont toujours été grands chasseurs; pêcheurs assez volontiers. Le ruisseau qui serpente dans leur gras vallon fleuri abonde en truites, les meilleures du monde; et ses écrevisses! l'eau m'en vient à la bouche. Pour les veneurs, pour les braconniers, le territoire de Baon est un pays de promission.

L'immense forêt de Maulnes, dont certaines parties rappellent les profondes et mystérieuses forêts druidiques, en couronne les hauteurs, donnant asile à de nombreuses hordes de chevreuils, de cerfs, de biches, de sangliers. Naguère encore on y rencontrait des daims.

Mais les indigènes de Baon, un peu vignerons, un peu laboureurs, un peu chaufourniers, un peu bûcherons, un peu fabricants de cercles et de cannes, un peu charbonniers, un peu sabotiers, beaucoup truffiers, aiment tous la chasse passionnément, je le répète, et ils chassent avec ou sans port d'armes, en temps licite ou prohibé, cela depuis un âge presque immémorial.

Les terribles pénalités édictées autrefois contre « les batteux de garennes » ne les ont pas plus effrayés, que les ordonnances sévères rendues par notre siècle contre le braconnage. Peut-être croyaient-ils, les hardis maraudeurs, à l'éternité du droit de chasse qui leur fut concédé, vers l'an 810, par certain abbé du monastère de Molosmes, pour avoir « caché dans leur village et préservé des insultes sacriléges des Normands, » les reliques de saint Vallier, patron actuel de la commune, dans laquelle on lui a élevé, au treizième siècle, une église encore existante.

Quoi qu'il en soit, et malgré les lois préventives sur la chasse, promulguées depuis lors, le saloir des habitants de Baon était encore, en 1843, plus souvent rempli avec des quartiers de sangliers sauvages (en leur patois, ils disent *sanguiers*, nos gens), qu'avec des morceaux de sangliers de basse-cour.

Tous affûtiers, d'ailleurs, colleteurs ou panneautiers, nullement. Aussi leur peut-on pardonner. Il faut avoir du sang dans les veines, être un grand cœur, comme dit l'Indien, pour aller seul, sans autres armes qu'un mauvais fusil à un coup, attendre un sanglier au passage, surprendre un cerf au retour du viandis. Effroyable le foncement du premier blessé; mortelle souvent la plus légère blessure du second!

On connait le dicton :

« Au cerf la bière, au sanglier le mière. »

Après la chasse ou la journée finie, on se réunissait volontiers chez la mère Patois, un cabaret situé à l'extrémité du village, avec une touffe de genévrier, fixée au bout d'une perche, pour toute enseigne.

Cette auberge! Ah! je la vois encore. C'était une maisonnette basse, couverte en laves et précédée d'une cour non fermée, dans laquelle, sur un fumier suintant, s'ébattaient, caquetaient et piaillaient une armée de canards, de poules, oies et dindons.

Et la bonne mère Patois, en ai-je aussi gardé un excellent souvenir! Une salle basse composait toute son hôtellerie. Dans cette salle où filtrait le purin, venu du fumier, on remarquait, au fond, un lit à colonnes, avec des rideaux de serge verte, à côté une vaste cheminée, décorée de fusils rouillés, bois de cerf, *urnes* de sangliers, pieds de chevreuil, dont la tablette noircie supportait quelques courges desséchées, des chandeliers de fil de fer, en tire-bouchon, avec des chandelles jaunâtres, baveuses ; deux ou trois statuettes en plâtre tavelées par les mouches, et sous le manteau de laquelle boucanaient d'appétissants jambons, à la couenne charbonnée, à la tranche rouge-vif ; puis un vieux sabot faisait les fonctions de porte-allumettes, et bourré de chenevottes ; puis les langes accrochés là pour sécher, car un grand feu de sarments pétillait dans l'âtre toute la journée, en été comme en hiver. Et vis-à-vis de la cheminée, c'était le séculaire buffet de chêne, bruni par le temps et la fumée, avec ses ferrures, aussi brillantes que l'argent ; avec ses vaisselles provocamment coloriées, en rouge, en vert, en bleu, en jaune, rangées sur des étagères ; ses verres historiés, de la verrerie de Maulnes ; ses profonds saladiers fleuris, aux bords échancrés en dents de loup, ses assiettes raccommodées avec des attaches de laiton, ses plats, au fond desquels on lisait : — *Vive les bons citoïens!* 1793. — *La patri avan tou.* — *Amour à Amélie.* — *Souvenir d'Ugène.* C'était encore, au-dessus de ce dressoir, des chaudrons de toute dimension, en cuivre, plus luisant que l'or. Au plafond, aussi noir que la plaque de fonte de la cheminée, pendaient des fruits, des légumes, des plantes herbagères. Quant au plancher, la terre battue lui en tenait lieu. Deux tables longues, à peine équarries, flanquées de bancs plus grossiers encore, partageaient cette pièce, éclairée par une fenêtre unique, étroite, crasseuse, au-dessous de laquelle se trouvait l'évier, avec son seau de bois pour l'eau et son bassin de cuivre pour boire. Une douzaine de mauvaises images, inondées de poussière et d'immondices, représentant quelque saint, le Juif-Errant, la Vierge, le diable, ou une des batailles du premier empire bigarraient la muraille de cette salle, en un coin de laquelle une antique horloge suisse, sans cage, et à poids de pierre, faisait entendre son tic-tac régulier et monotone.

Quel intérieur, digne d'un Rembrand !

Les personnages qui l'animaient, par une orageuse soirée du mois de juillet 1843, ne s'en montraient pas moins dignes, illuminés qu'ils étaient, malgré la chaleur du temps, par les ondoyantes et capricieuses réflexions d'un grand feu flambant dans la cheminée ; lueurs que traversaient, d'intervalle en intervalle, des paysans bourguignons, buvant à l'une des tables. Quant aux chandelles, suivant la coutume encore en honneur dans le pays, la mère Patois ne les allumait que dans les occasions solennelles. La bonne femme tricotait, accroupie sur ses talons, devant l'âtre. En face d'elle, assis sur un escabeau, un homme mangeait, avec un de ces méchants couteaux appelés *claudes*, une tranche de lard étendue sur un morceau de pain bis.

Au costume de cet homme il était facile de juger qu'il n'appartenait pas à la localité : et une balle posée près de lui pouvait indiquer qu'il était colporteur. Tout en dévorant, de bel appétit, son modeste repas, il prêtait une oreille attentive aux propos des villageois.

Neuf heures venaient de tinter lentement à l'horloge.

— Bah ! M. Armand Lejeune n'est pas aussi dévergondé qu'on le dit ; il donne aux pauvres, fit le marguillier de la paroisse.

— Il a eu des chagrins, ajouta un cordonnier.

— Ah oui ! assurément ! appuya le meunier.

— Je l'ai souvent vu pleurer à vous fendre l'âme ! intervint la cabaretière, en se tournant vers ses pratiques.

— Fortune ne fait pas toujours bonheur, déclama un personnage, qu'à sa veste de droguets à petits pans, à ses souliers lacés, mais proprement cirés, à ses bas de coton bleu chiné que laissait voir un pantalon de laine grise, beaucoup trop court des jambes, à son maintien guindé, on le reconnaissait aisément pour un magistrat de village. Cependant, continua-t-il d'un ton doctoral, les mœurs de ce jeune homme sont d'un caractère...., répréhensible. Il fouille les ruines des vieux châteaux, comme Thorey, Maulnes ou Froidfontaine, pour y déterrer des trésors. On ne le voit jamais dans une église....

— N'est-ce pas, monsieur le maître ?

— J'ai entendu dire qu'il se livrait à des orgies....

— Qui a pu vous dire ça ?

— La voix publique ; *vox populi, vox Dei,* repartit gravement le précepteur.

— Des calomnies ! cria l'hôtesse, haussant les épaules.

— Enfin, reprit l'instituteur, vous conviendrez que la vie de ce jeune homme n'est pas une vie honnête, rangée. Il ne se couche jamais, ne mange pas à des heures réglées, ne fait rien comme les autres hommes. Il reçoit des vingtaines de lettres par jour et n'écrit jamais un seul mot.... c'est le piéton qui me l'a assuré...

— Des vingtaines de lettres !

— Et quelle existence ! poursuivit le maître d'école. Presque toujours seul, toujours dans les bois. A la chasse du matin au soir, et du soir au matin, avec ces deux monstres de chiens qu'il a ramenés on ne sait d'où ; et je suis certain qu'il n'a pas de permis....

— Pour cela, c'est un mensonge ! repartit énergiquement la mère Patois. Son permis, notre homme l'a vu.

— Bah ! il ne sait pas lire, votre homme.

— Ça n'empêche qu'il l'a vu, riposta-t-elle avec vivacité, et que M. Armand vaut mieux que vous....

— Il est criblé de dettes.... ruiné ! marmotta le pédant exaspéré par la contradiction.

— Ce n'est pas vrai encore ! dit l'hôtelière en se levant et menaçant du geste le maître d'école.

En ce moment deux coups de tonnerre épouvantables ébranlèrent la maison jusque dans ses assises. La plupart des assistants se signèrent. Et, presque au même instant, un retentissant hallali, tiré d'un cor de chasse par une poitrine vigoureuse, répondait comme une audacieuse provocation aux éclats de la foudre.

— C'est M. Armand, le *Sanguier de Villon*, proféra l'instituteur en pâlissant.

A ces mots, le colporteur tourna avidement ses regards vers la porte du cabaret.

II

LE « SANGUIER » DE VILLON.

Presque aussitôt des aboiements formidables, mêlés à de sourds grognements, se firent entendre dans la cour de l'auberge.

Et, avant que les buveurs eussent eu le temps de sortir pour voir ce qui les causait, une double détonation avait mis en émoi le village de Baon.

— Sus! sus! Tempête! Tiens ferme, Ouragan! Hardi! hardi! mes beaux!

Au son de cette voix partie de la cour, la mère Patois alluma une chandelle et courut à la porte, vers laquelle se précipitaient déjà les consommateurs.

— C'est M. Armand avec ses chiens; je gagerais qu'il a poursuivi un sanglier jusqu'ici, dit le meunier, connu pour être l'un des plus intrépides braconniers du canton.

Et il ouvrit brusquement la porte.

Un courant d'air s'engouffra dans la salle et éteignit la chandelle que la mère Patois tenait de la main droite, en essayant de la préserver du vent avec sa main gauche à demi fermée.

Mais à la faveur des éclairs on put distinguer trois masses noirâtres, énormes, qui se roulaient avec des hurlements atroces sur le fumier.

Une foule de gens, accourus de tous côtés, se pressaient déjà à quelque distance.

— De la lumière! qu'on m'apporte une lumière! commanda cette voix forte et impérative qu'on avait entendue un instant auparavant.

Le colporteur s'était levé de son siége, et, par la porte entre-bâillée, il contemplait curieusement cette scène étrange.

Un paysan alluma une grosse lanterne de corne et s'approcha avec quelque hésitation du fumier.

Alors, à travers la pluie qui tombait à torrent, on découvrit un sanglier monstrueux se débattant entre deux molosses d'une taille gigantesque. Quoique haletant, éperdu et perdant abondamment son sang par deux blessures reçues au défaut de l'épaule gauche, le sanglier faisait encore voltiger en l'air les deux chiens qui l'avaient saisi par les *écoutes* et cherchaient à le *coiffer*.

— Donnez-moi votre fusil, Louis, dit l'homme qui deux fois avait parlé et se mouvait dans l'ombre à quelques pas des combattants.

Il ajusta, puis pressa la détente. Mais l'arme rouillée rata des deux coups.

— Malédiction! proféra-t-il en tirant de sa gaîne un long couteau de chasse.

Et, malgré les exclamations des spectateurs pour le retenir, malgré un geste que fit involontairement le colporteur pour l'arrêter, il s'élança sur le sanglier qui, entraînant les chiens avec lui, fonça sur l'audacieux.

Les assistants reculèrent, en poussant un cri d'effroi, et l'étranger rentra rapidement dans la salle pour y saisir un fusil.

Mais le chasseur, un genou en terre, le bras droit demi-tendu, l'œil fixe et sûr, la main crispée au couteau, avait attendu intrépidement le choc, et, quand l'épouvantable bête, le poil hérissé, les prunelles sanglantes, le boutoir saillant, arriva à portée, il lui planta jusqu'à la garde son arme au défaut de l'épaule gauche.

Le sanglier tomba mort sur le fumier.

— Bravo! firent en chœur les témoins de ce spectacle émouvant.

Le colporteur passa la manche de sa blouse sur son front couvert de sueur; puis il rentra dans le cabaret, où, pêle-mêle, arrivaient une foule de paysans.

Dix minutes après cet incident, la mère Patois était fort affairée à dresser le couvert sur la table, tandis que, pendue à la crémaillère et sur un feu ardent, chantait, en bouillant à gros bouillons, une marmite aux appétissants parfums.

On préparait la *gruotte*, quoi donc!

La gruotte, vous savez bien ce que c'est : le foie, le mou, le cœur, les entrailles, les mésenthères d'un sanglier ou d'un chevreuil, coupés en menus morceaux et qu'on fait cuire avec de la graisse, des épices et du vin.

Ça vous donne un plat, quand c'est convenablement accommodé par nos ménagères bourguignonnes! Demandez plutôt à la bonne madame Beau, de Villon!

Les paysans faisaient fête au chasseur qui leur offrait ce régal.

Le maître d'école seul boudait encore, mais le fumet embaumé de la gruotte le ramenait tout doucement à des sentiments plus charitables, et son estomac plaidait déjà avec tant d'éloquence, contre son esprit jaloux, la cause de M. Armand, que notre homme élaborait un petit discours pour féliciter ce dernier.

M. Armand, surnommé Sanguier de Villon, était un jeune homme de vingt-cinq à trente ans.

Il avait la taille haute et forte, la charpente admirablement proportionnée, les muscles souples et fermes comme l'acier.

Des cheveux châtain foncé, grisonnant aux tempes, une barbe brune, longue, bien fournie, mais déjà sillonnée de quelques fils argentés, encadraient son visage, sur lequel se lisaient de mystérieuses pages d'énergie et de faiblesse, d'audace et de timidité.

Ses yeux larges, bien fendus, profonds, étaient pleins d'éclairs jaillissants ou voilés.

Son nez aquilin annonçait une conception prompte, un esprit facile ; dans ses lèvres charnues on découvrait la bonhomie alliée à la sensualité. Mais si sa physionomie était agréable, avenante, de temps en temps une pensée douloureuse, aiguë, éteignait le rayonnement de ses regards, et lui plissait le front.

Alors, son air vieillissait étrangement.

On lui eût donné dix années de plus.

La souffrance physique et morale, une idée absorbante sans doute, peut-être une idée de suicide, avait creusé deux sillons au coin de sa bouche.

En entrant dans la salle, Armand avait négligemment jeté sur le lit un cor de chasse et son chapeau de feutre à larges bords, après l'avoir secoué deux ou trois fois, pour en faire dégoutter l'eau dont il était inondé.

Une blouse de toile blanche, sur laquelle pendait en sautoir une poire à poudre ; un pantalon de treillis et de grosses bottes fortes recouvrant le bas du pantalon, complétaient son costume.

Debout contre la cheminée, il faisait sécher ses vêtements traversés par la pluie, tout en essuyant avec soin une carabine à deux coups, de fort calibre.

Un nuage de fumée l'enveloppait des pieds à la tête.

De chaque côté de l'âtre, étendus le museau dans les pattes de devant, se chauffaient les chiens du jeune homme, Tempête et Ouragan, deux magnifiques spécimens de la race canine, nés aux Indes occidentales, d'où Armand était revenu depuis quelques années, après un long séjour et de lointains voyages.

En se séchant et en fourbissant sa carabine, il fumait sa courte pipe, en talc vert, bizarre, par la forme, qu'il avait assurément recueillie dans ses excursions chez les Indiens de la Colombie américaine.

Par intervalles aussi il mouillait ses lèvres à un verre d'eau-de-vie de marc, trempée d'eau.

Assis dans son coin, le colporteur examinait le jeune homme avec un intérêt qu'il s'efforçait de dissimuler dès que M. Armand tournait les yeux sur lui.

— Ça fait le neuvième cette semaine, et nous ne sommes qu'à vendredi, Monsieur, dit le meunier, s'avançant vers le chasseur et indiquant du doigt le sanglier éventré et couché sur une échelle adossée à la muraille.

— Neuf ; je crois que oui, répondit-il d'un ton distrait.

— Et c'est bien votre meilleure chasse, reprit le meunier, car c'est le père Noiraud, le plus vieux solitaire de la forêt de Maulnes, que vous avez abattu là. Je gage qu'il pèse au moins cinq cents. L'avons-nous poursuivi, traqué et guetté en vain, Chamonot, moi et les autres ! Je suis sûr qu'il a plus de cent balles et chevilles de fer dans sa peau. Vous pouvez vous vanter d'avoir rendu un fichu service à la contrée, monsieur Armand ! Il vous en a dévasté, celui-là, des champs de pommes de terre, des semis de chêne et des seigles. Mais comment, diable ! l'avez-vous débusqué ?

— C'est Louis, répondit simplement le chasseur, en montrant un jeune homme de bonne mine, couvert d'une blouse bleue, qui se préparait un verre d'absinthe à la table.

— Ah ! c'est toi ! fit le meunier, interrogeant du regard ce jeune homme.

— Oui, les chiens l'ont lancé au bas de la ligne de Tonnerre.

— Dans le bois de M. le marquis de Tanlay, probablement ? insinua le maître d'école.

— Voulez-vous bien vous taire, vilain nasilleux ! dit la mère Patois, en le poussant du coude.

— Qu'est-ce que ça vous fait ? répondit Louis à l'instituteur, avec un air de défi.

— Oh ! c'était histoire de causer ! repartit-il d'un ton contraint.

Puis il ajouta, sournoisement :

— Sans doute, M. Armand Lejeune ne chasserait pas dans les bois de M. le marquis sans en avoir la permission, surtout en temps prohibé, car je ne sache pas que la chasse soit encore ouverte.

En disant ces mots, le pédagogue regardait fixement celui à qui il s'adressait.

Mais soit qu'il ne les eût pas entendus, soit qu'il n'en prit souci, Armand ne fit aucune réponse. Louis, son domestique, se chargea de la réplique.

— Que la chasse soit ouverte ou non, dit-il, *nous* chassons dans toutes les saisons.

— Ça, c'est sûr, dit le meunier.

— Et que vous faites bien, ajouta un laboureur. Sans vous, les sangliers détruiraient toutes nos récoltes.

— Bien parlé, Baptiste, appuya la mère Patois.

— N'est-ce pas, la maman ? insinua Louis en sirotant son verre d'absinthe.

— Et quelque jour vous vous ferez pincer ! reprit le maître d'école en hochant la tête. Eh ! eh ! on en a pris de plus malins que vous !

— A table ! à table ! la gruotte est prête ! s'écria tout à coup la mère Patois, saisissant avec un coin de son tablier la chaudière par l'anse, et la déposant sur la foyère pour en verser le contenu dans une de ces vastes terrines brunes en usage dans le pays.

Comme elle achevait ces paroles, un bruit de chevaux et de ferraille retentit au dehors.

III

LA GRUOTTE DE SANGLIER ET LA MOTTE DE TERRE.

— Les gendarmes ! exclama le maître d'école qui avait l'oreille au guet.

— Les gendarmes ! répétèrent, avec émoi, les paysans, en portant des regards inquiets tour à tour sur le jeune chasseur et sur le sanglier.

Le colporteur pâlit, et tourna la tête vers le fond de la cheminée.

La mère Patois faillit laisser échapper la *poche* dont elle se servait, pour transvaser la gruotte de la marmite dans la terrine.

Armand était impassible.

La porte de l'auberge s'ouvrit, et deux gendarmes, en tenue de service, entrèrent, pendant que quelques-uns des villageois cherchaient à s'esquiver.

— Oh ! oh ! ça sent le gibier, ici, fit l'un des fonctionnaires officiels en mettant les pieds dans la salle.

— A votre service, brigadier ! dit Armand.

— Ah ! c'est vous, monsieur Lejeune. Toujours en chasse, donc ! toujours ! dit le gendarme, saluant le jeune homme.

Le maître d'école, qui souriait déjà malicieusement, fit la grimace en voyant le brigadier échanger une poignée de main avec Armand.

— Et vous toujours en tournée ? repartit gaiement celui-ci.

— Le service, le service, monsieur !

— Vous êtes mouillé, brigadier. Séchez-vous, et vous nous aiderez à manger la gruotte, reprit Lejeune.

— Quoi ! encore un sanglier d'abattu !

— Ma foi, oui.

— Vous voulez donc tout détruire ?

— A table ! ça refroidit, intervint la mère Patois.

— Oui, à table, car j'ai une faim dévorante, dit Armand en s'asseyant.

Les gendarmes prirent place à ses côtés, et le reste de la compagnie suivit promptement leur exemple. Seul, le colporteur demeurait, dans un coin, près du feu.

— Voulez-vous nous faire l'amitié de manger un morceau avec nous ? lui demanda Armand.

— Merci, répondit l'autre sèchement.

— Ne vous gênez pas.

— Je n'ai pas faim.

Ce dialogue attira sur l'étranger l'attention des gendarmes.

— Est-ce que vous avez peur de nous montrer votre figure ? demanda l'un d'eux.

Et comme il ne répondait pas, le gendarme ajouta :

— Alors, montrez-moi votre passe-port.

— Je le veux bien, Monsieur, dit le colporteur, en tirant de sa poche un vieux calepin, qu'il fouilla en tous sens, mais sans trouver le papier désiré.

— Ah ! fit-il avec désolation, je l'aurai perdu en route.

— Perdu ! connu ! peuh ! dit le gendarme en se levant. Au nom de la loi, je vous arrête !

Le colporteur se mit à trembler de tous ses membres. Sa frayeur, ses manières embarrassées firent soupçonner aux agents de la force publique qu'ils avaient affaire à quelque malfaiteur dangereux.

— Comment vous nommez-vous ? interrogea le brigadier, en le saisissant au collet.

— Petit-Jean, Petit-Jean, mon brave monsieur, répondit le malheureux à voix basse.

— Eh ! oui, interrompit la cabaretière, c'est le père Petit-Jean, le marchand d'images, un honnête homme du bon Dieu. Il passe tous les ans ici, à la même époque. J'en réponds... Allons ! ne laissez donc pas figer le fricot ; vous voyez bien qu'il est innocent comme l'enfant qui vient de naître, le père Petit-Jean !

— En effet, il n'a pas la mine d'un fripon, dit Armand.

— C'est que la bande Charlesris rôde dans ces environs, repartit le brigadier, et nous avons des ordres sévères... Mais puisque cet individu est connu ici...

Et il se remit à table.

— Louis, dit le chasseur à son domestique, vous ferez porter le sanglier chez M. le curé, pour qu'il le distribue aux pauvres de la paroisse ; vous me réserverez seulement la *hure* et la peau.

Puis le repas commença : un vrai repas de sanglier ; sanglier pour premier, second et troisième service, sanglier pour entremets, sanglier pour dessert, le tout abondamment arrosé de vin de Molosmes et couronné par quelques vieilles bouteilles de derrière les fagots.

De la gaieté bruyante des convives, je ne parlerai pas. Les habitants de Baon sont bourguignons, ce qui veut dire grands buveurs, grands mangeurs, grands diseurs de gaudrioles et grands amoureux de plaisir.

Cependant, l'amphitryon de ce banquet improvisé goûtait à peine aux aliments, malgré les accablantes fatigues de la journée, car il avait chassé l'énorme sanglier pendant douze heures consécutives. En revanche, Armand buvait sec et fréquemment. Les verres, les bouteilles, se vidaient autour de lui comme par magie. Et si l'on était émerveillé de la capacité de son estomac, on l'était bien plus de la solidité de son cerveau, qui semblait insensible aux fumées des boissons spiritueuses.

Le colporteur le dévisageait maintenant avec une opiniâtreté qui aurait pu paraître suspecte si elle eût été remarquée.

Le festin terminé, on prit le café ou une décoction quelconque pompeusement décorée de ce titre, on chanta, on dansa même. Mais le chasseur ne se mêla point à ces divertissements, qu'il contemplait d'un œil morne, attristé, en ingurgitant une prodigieuse quantité d'eau-de-vie.

A chaque instant, le colporteur s'attendait à le voir tomber vaincu par cet excès d'alcool. Quel ne fut pas toutefois son étonnement, quand, à minuit, Armand se leva froidement, de l'air d'un homme fatigué au moral, mais alerte au physique, demanda son compte, paya, souhaita à tous une bonne nuit, avec l'aisance d'un homme à jeûn, prit sa carabine, la chargea, siffla ses chiens et partit sans broncher, aussi paisiblement que s'il fût sorti de son lit, après dix heures de sommeil.

Louis, les gendarmes et les paysans, y compris le magister, étaient ivres et ronflaient sous la table.

— Ce jeune homme a donc du chagrin, dit timidement le colporteur à la mère Patois, qui récurait avec des cendres sa marmite devant le feu agonisant.

— Des chagrins ? ah ! ben sûr que oui qu'il en a des chagrins, mon pauvre père Petit-Jean, répondit-elle, et j'ai peur qu'il y succombe, car voilà la vie qu'il mène tous les jours et toutes les nuits depuis qu'il est revenu du fin fond de la terre. C'est pas tout le monde, allez, qu'en a vu autant que lui le cher enfant !

— Ah ! il souffre aussi ! murmura le colporteur, en s'étendant sur une botte de paille pour dormir.

— A bas le sanglier de Villon ! articula d'une voix pâteuse le maître d'école qui rêvait.

Le lendemain, au point du jour, le père Petit-Jean mit sa balle sur son dos, et, armé d'un bâton ferré suspendu à son poignet par un cordon de cuir, il sortit de l'auberge, avec l'intention de se rendre à Crusy-le-Châtelet, éloigné de trois lieues environ.

Le temps était beau à souhait. Pas un nuage ne tachait l'azur céleste. Rafraîchies par les ondées de la veille, les récoltes charmaient la vue de leur éclat d'or et d'émeraude et embaumaient l'air de senteurs délicieuses. De moment en moment, une alouette s'élançant dans l'atmosphère, la remplissait de perles liquides. Ou bien c'était la caille, blottie sous un buisson, qui jetait dans l'espace sa double note argentine ; ou bien des bandes de petits oiseaux, perdus dans la feuillée, et faisant entendre un de ces concerts mélodieux, quoique sans accord, qui ravissent l'âme en extase.

Le père Petit-Jean malgré la vulgarité de sa profession apparente, n'était pas inaccessible aux attraits d'une belle matinée d'été.

Le chemin qu'il suivait est bien propre, d'ailleurs, à faire naître des sentiments doux et poétiques dans le cœur d'un homme. Encaissé à droite par une haute colline richement boisée, à gauche par un rideau de grands peupliers, derrière lequel ondulent mollement de grasses prairies, ce chemin, tout jonché de fleurs, serpente le long d'un ruisseau aux ondes claires comme le cristal. Puis le sentier grimpe, tourne au flanc de la montagne, coupe à travers des jeunes taillis, descend brusquement dans un champ de blé, débouche sur une pelouse verdoyante ombragée par des chênes centenaires, et finalement vient se jeter, par une gorge profonde, à l'étang connu sous le nom de Froidfontaine.

Là, on découvre les vestiges d'une chaussée destinée à retenir les eaux autour d'un château-fort qui devait s'élever au milieu de la vallée. De ce château il n'existe actuellement aucune muraille. Mais sur son emplacement, converti en terres labourables, la charrue met encore parfois au jour des substructions, des pilastres, des fûts de colonnes, des monnaies frustes, des armes rongées par la rouille, des ossements humains.

Quel fut ce manoir ? Quel fut son sort ? L'histoire est muette, la légende trop merveilleuse pour être crue à une époque aussi sceptique que la nôtre.

L'étang de Froidfontaine fut considérable autrefois. Maintenant il n'embrasse plus qu'une superficie de quelques arpents. Peu creux en général, il est troué çà et là par des fondrières affreuses, masquées de jonc et de plantes aquatiques qui rendent ses abords dangereux aux étrangers. Tel endroit, tapissé de mousse, paraissant solide et sûr cache une fosse, un gouffre insondable, où plus d'un homme, plus d'un animal a été englouti, sans qu'on ait jamais pu retrouver leurs corps.

De longue date, le père Petit-Jean connaissait les perfidies de Froidfontaine. Aussi, en arrivant près de l'étang, commença-t-il par faire un détour afin d'éviter ses traîtresses séductions. Mais tout à coup notre colporteur aperçut sur l'eau un objet qui ressemblait à une mantille de femme. Le père Petit-Jean tenait l'économie pour une vertu cardinale. Cette vertu il la poussait même fort avant dans le vice qui la confine. Il se dit donc que ce serait une mauvaise action que de laisser perdre l'objet qu'il voyait devant ses yeux. Sa balle, son chapeau sont déposés sur le sentier, ses souliers ôtés (en été il ne portait pas de bas), son pantalon soigneusement retroussé jusqu'aux genoux ; et le voici qui s'avance dans le marais, en tâtonnant autour de lui avec son bâton. L'eau est glaciale, elle justifie le qualificatif donné à l'étang. Nimporte ! le père Petit-Jean marche toujours. Une motte gazonnée, diaprée des plus ravissantes fleurettes, se présente à lui.

« Bon, se dit-il, voici un îlot, du haut duquel je pourrai tout à mon aise atteindre cette étoffe avec mon gourdin. »

Et, étourdiment, il met le pied sur la motte qui enfonce, enfonce, disparaît avec l'imprudent.

IV

LE PÈRE PETIT-JEAN.

Type étrange, curieux, invraisemblable, mais malheureusement trop vrai dans les monstrueux écarts de la nature, que le père Petit-Jean.

Et cependant de lui on savait peu de chose. — Si l'on eût tout connu !...

Au physique c'était un homme d'apparence chétive, malingre, rachitique, affligé d'un âge indéterminable, mais dépassant la soixantaine, quoique, en réalité, le père Petit-Jean comptât à peine cinquante-cinq ans.

Il avait le front bas, étroit, les sourcils blancs, très-épais, très-rapprochés, ce qui indiquait une volonté tenace, jointe à un esprit sans grande portée dans ses horizons, mais passionné, ardent à la poursuite du but une fois tracé.

Un nez droit, mince, recourbé en bec de corbin, confirmait dans cette idée, et la bouche, tranchée comme d'un seul coup, sans marque de lèvres, au-dessus d'un menton imperceptible, fuyant à angle obtus vers un cou sec, long, où les veines saillaient tout ainsi que des cordes, achevaient de le caractériser aux yeux de l'observateur : c'était l'entêtement et l'avarice poussés jusqu'à la férocité.

Avec cela, du reste, l'œil vitreux, le regard habituellement terne, sans rayons, sans chaleur, le maintien d'une humilité profonde, mais une humilité qui glaçait le cœur, comme le contact de la vipère glace le corps.

Enfin, une chevelure jaunâtre, drue, dure, taillée en brosse, une barbe semblable (le père Petit-Jean ne se servait jamais de rasoir par économie ; il était son coiffeur et son barbier) : un teint couperosé annonçant les veilles, les excès de travail ou autres, l'échauffement du sang, les regimbements de la matière contre le vouloir de l'esprit, complétaient ce portrait.

Les membres étaient à l'avenant du visage, grêles, osseux, mais attachés à des charnières d'une élasticité rare, d'une solidité qui pouvait rivaliser avec l'acier.

Ordinairement courbé vers la terre, le buste savait se redresser, prendre une tournure presque mâle et fière, et de ce petit homme, sans air de force extérieure, faire un être à l'aspect nerveux, robuste, animé d'une inconcevable vigueur.

Son costume était celui des colporteurs de livres et d'enluminures : un chapeau de paille commun, tuyauté, au lieu d'être tressé, comme le portaient alors les gens de la basse classe, un bourgeron de toile blanche ; un pantalon de velours vert-sombre à côtes avec des souliers ferrés, en faisaient les frais. Mais tout cela d'une netteté exceptionnelle. Pas une déchirure, pas une tache, pas un fil décousu à la blouse ou au pantalon. Sous la semelle des souliers, pas un clou non plus ne manquait.

Ah ! c'était aussi l'ordre et la propreté en personne, que le père Petit-Jean ! Et pourtant les ténèbres, la nuit constituaient le fond de sa vie.

En Bourgogne, on le voyait parcourir, annuellement, vers la mi-été, la vallée de l'Yonne et celle de la Seine, vendant des livres, des images ou des tableaux. Il disparaissait comme il était venu.

Depuis près de quinze ans, notre homme faisait régulièrement ce trajet.

Sa physionomie était connue de tous les villageois.

On l'attendait, on lui donnait des commandes, on lui confiait des commissions pour Châtillon, Dijon, Auxerre, Sens, voire pour Paris.

Il arrivait chaque année, le même jour, je pourrais dire à la même heure, dans chacune des localités.

Malgré son humeur taciturne, il recevait un accueil excellent ; mais jamais le père Petit-Jean n'acceptait rien, sinon le coucher ou un verre d'eau dans les maisons où on l'invitait à se restaurer.

Le coucher, c'était invariablement une botte de paille. Encore ne se la permettait-il que quand le temps était trop mauvais pour passer la nuit en dehors.

D'habitude, le pied d'un arbre, une meule de blé ou de foin, un hangar dans les champs ou la cabane d'un cantonnier sur la grand'route, formaient son dortoir.

Le père Petit-Jean ne s'accordait qu'un repas par jour, et sa nourriture ne subissait jamais la moindre modification : elle se composait d'une livre de pain et d'une demi-livre de lard salé, mangés sur le pouce, entre huit et neuf heures du soir, avant de prendre son repos quotidien.

Au scandale de nos paysans bourguignons, il ne buvait que de l'eau.

Dès le début de ses pérégrinations dans le département de l'Yonne, cette « manie », comme ils disaient, lui avait fait le plus grand tort.

Les uns prétendaient que c'était par hypocrisie ; d'autres affirmaient que c'était en pénitence d'un crime épouvantable; d'autres encore, que le père Petit-Jean était rongé de maladies secrètes; tous déclaraient enfin que sa tempérance avait une cause inavouable; car nos vignerons n'admettent pas qu'un honnête homme, sain de corps et d'esprit, renonce volontairement au doux jus de la treille.

Et ce que le vulgaire ne comprend pas il est toujours disposé à le mal interpréter.

Plus d'une fois on tenta de jouer au vieux colporteur des tours de campagne : remplir d'eau-de-vie ou de vinaigre sa gourde ; l'enfermer, lui, pendant vingt-quatre heures, dans sa chambre, sans autre boisson

Quoi de nouveau ? dit le factionnaire. — Page. 13.

qu'une bouteille de vin, sans autre comestible qu'une aile ou une cuisse de volaille. Mais, soit parti pris, soit répugnance invincible pour tout ce qui n'était pas sa sustentation habituelle, le père Petit-Jean demeurait à jeûn ; et, s'il reconnaissait l'impossibilité de sortir de sa prison sans effraction, il attendait patiemment qu'on lui vînt ouvrir la porte.

De cette façon, il finit par mettre les rieurs de son côté. On s'accoutuma à lui. Sa politesse, sa complaisance, sa ponctualité lui valurent l'estime générale.

On oublia qu'il était d'une lésinerie sordide. Cette lésinerie fut attribuée à la pauvreté ; et au moment où nous l'avons présenté à nos lecteurs, le père Petit-Jean comptait, sur tout le parcours depuis Montereau — Faut — Yonne jusqu'à Cruzy-le-Châtel, des milliers d'amis et pas un ennemi.

Mais que faisait-il au delà du département de l'Yonne? c'est ce que tous ignoraient et ne s'inquiétaient probablement guère de savoir.

Aux interrogations accidentelles qui lui étaient posées sur ce point, le père Petit-Jean répondait, en branlant la tête :

— Hé! hé! je fais, chaque année, mon tour de France.

Cela coupait court aux indiscrétions des curieux.

Adroit à tous les exercices du corps, le colporteur nageait fort bien.

Aussi, après avoir enfoncé dans l'étang de Froid-Fontaine, revint-il promptement à la surface de l'eau, qui bouillonnait, en exhalant autour de lui des gaz délétères.

D'abord, le père Petit-Jean crut qu'il lui serait facile de sortir du trou où il était tombé.

Sa seule préoccupation fut d'avoir gâté son pantalon, et peut-être déchiré son bourgeron.

Quant au bâton, il l'avait encore à la main.

— Par bonheur, se dit-il, que j'avais eu la précaution de laisser mes souliers sur les bords. Ils seraient tout abîmés.

Et notre homme se met à nager vers un tronc de saule verdoyant, éloigné de cinq ou six mètres seulement de la rive.

Mais, en approchant, il sent ses jambes embarrassées, comme si elles eussent été prises dans de la gélatine.

Les bulles d'air méphitiques montaient de plus en plus, à mesure qu'il avançait.

Il s'accroche au saule, qui cède et plonge dans une mare de boue visqueuse.

Petit-Jean veut rebrousser chemin.

Impossible.

La vase le serre, le presse de toute part.

Il se débat, elle s'élève jusqu'au-dessous de ses aisselles.

Avec son bâton il essaie de se créer un point d'appui, et le bâton descend, descend sans rencontrer le fond.

La position est terrible.

Pourtant, à quelques brasses, est la terre ferme, toute radieuse des splendeurs d'un beau jour d'été.

Petit-Jean abandonne son bâton, rassemble ses forces, et tente un élan avec l'énergie du désespoir. Infructueuse, malheureuse tentative qui double le danger! le gouffre veut sa proie. Il se courrouce de ces efforts, s'agite; l'eau qui le couvrait encore à la surface reflue, en clapotant, dans ses profondeurs, il sert la misérable victime, l'enlace comme un serpent, l'empêtre dans ses inextricables glus, l'aspire, la suce, la tire, pour ainsi dire par les pieds.

La bourbe dépasse maintenant les épaules de Petit-Jean.

Dans un instant, elle l'étouffera.

Il est à demi asphyxié.

L'infortuné réclame du secours.

Mais la vallée est déserte ; nul ne répond à sa voix.

On n'entendait que le bourdonnement des mouches et des insectes ailés qui voltigeaient en nombreux essaims au-dessus de l'étang, et parfois le cri strident du pivert, rasant de son aile la surface des ondes glauques.

La mort, dans la tempête, sous un ciel sombre, au milieu des éléments irrités, c'est horrible, mais la mort devant une nature calme, souriante, éclairée, dorée par les feux vivifiants du soleil, c'est épouvantable, mon Dieu ! Bien plus encore, cette mort lâche, traîtresse, qui vous prend tout en vie, tout en santé pour vous rouler, vous anéantir lentement dans ces décompositions d'un marécage...

Affreux ! affreux !

— Au secours ! répéta le colporteur, fermant les yeux après cet appel suprême, et murmurant comme dans un dernier soupir :

— Ma pauvre Aurélie ! que deviendra-t-elle ?

V

L'AMOUR D'UN COLPORTEUR.

La tête du colporteur s'égarait ; ses yeux se brouillaient, les affres de la mort enfiévraient son cerveau, quand des aboiements prolongés descendirent du bois vers lui.

— Au secours ! au secours ! proféra-t-il d'une voix strangulée.

Bientôt deux gros chiens bondirent hors de la futaie. En apercevant l'homme qui se noyait, ils coururent vers le marais d'un commun accord, se jetèrent dans l'étang, en suivant les parties où l'eau était plus profonde, et avec ce merveilleux instinct dont la Providence a doué quelques-uns de leur race, ils parvinrent, sans s'embourber, jusqu'au voyageur, le saisirent par son vêtement, et le remorquèrent sur la prairie, grâce à leur vigueur extraordinaire.

— Holà ! holà ! Tempête ! Ouragan ! Où êtes-vous, mes beaux ? Où êtes-vous ? demanda un individu qui sortait alors de la forêt.

Les chiens se mirent à hurler, en léchant le corps insensible du père Petit-Jean.

— Tiens, dit le nouveau venu, découvrant tout à coup ce corps ; tiens, le colporteur d'hier. Ce brave homme se sera fourvoyé dans les marais.

Arrière, Tempête ! arrière, Ouragan ! vous avez fait votre devoir..... bien, bien, mes bons toutous. Je suis content.

En disant ces mots, il s'agenouillait près du colporteur et lui tâtait le pouls.

— Par ma foi, fit-il au bout d'une minute, je crois que j'arrive à temps. Le bonhomme respire encore. Essayons de le ranimer.

— Puisant de l'eau avec son chapeau, il lava le visage du père Petit-Jean ; ensuite, il tira de sa poche un flacon qu'il lui posa sous le nez.

C'était de l'alcali volatil. Le colporteur, qui n'était qu'évanoui, eut bien vite repris connaissance.

— Et mon bâton ? je l'ai perdu, soupirait-il en ouvrant les yeux.

Puis remarquant quelques accrocs que les dents des chiens avaient fait à son bourgeron, il entra dans une violente colère contre les excellentes bêtes qui gambadaient autour de lui, joyeuses de l'avoir arraché à la mort.

Avant d'avoir remercié son libérateur, leur propriétaire, il ramassa des cailloux avec l'intention de les leur lancer.

Cet échantillon de son caractère souleva si fort l'hilarité d'Armand qu'il faillit en tomber à la renverse. Et sans doute le père Petit-Jean comprit combien il était ridicule, pour ne pas dire plus ; car, en laissant choir les pierres à ses pieds, il baissa la tête, voûta son dos, qui s'était redressé de toute sa hauteur, et balbutia d'une voix confuse :

— Pardon, monsieur, je suis encore tout troublé... je ne sais vraiment ce que je fais... Vous m'avez sauvé la vie !...

— Dites plutôt ces braves animaux... sans eux, vous serviriez de pâture aux anguilles de l'étang, répondit le jeune homme, riant toujours à gorge déployée.

— Je vous remercie...

— Oh ! pour cela, c'est inutile, interrompit Armand. Mais vous devez avoir froid, après le bain glacé que vous venez de prendre. Voulez-vous une goutte de marc pour vous réchauffer ?

En faisant cette proposition, le Sanguier de Villon débouchait une bouteille d'osier pendue à son côté et l'offrait cordialement au colporteur.

— Non, non, je n'en prends jamais ! jamais !

— Bah ! même quand vous êtes à moitié gelé.

— Jamais, non... jamais !

— A votre aise ! dit Armand, qui porta le flacon à sa bouche et but une copieuse gorgée.

Quand il eut fini :

— Par tous les diables ! comment vous êtes-vous fourré là-dedans ? dit-il en montrant le marécage.

Le père Petit-Jean n'osa pas avouer la cause de son imprudence.

— Oh ! par accident, dit-il, en baissant de plus en plus la tête.

— Mais vous avez perdu vos souliers ? fit Armand avec intérêt.

— Non ! non ! ils sont de l'autre côté de l'étang ; je les avais quittés pour cueillir une fleur... c'est-à-dire...

— N'est-ce pas votre chapeau que j'aperçois dans les joncs ? reprit le chasseur en allongeant le bras vers la pièce d'étoffe que le père Petit-Jean n'avait pu atteindre.

— Où ça, monsieur ?

— Là, sur votre gauche.

— Non ! non ! répondit le colporteur. Mon chapeau est aussi resté sur le bord.

— Qu'est-ce que ça peut-être ? Ici, Tempête ! A l'eau, ma belle ! à l'eau, à l'eau, Ouragan !

Avec ces paroles, le Sanguier de Villon, reprenant son fusil, qu'il avait déposé sur le gazon, indiquait à ces chiens le chiffon noir qui voguait sur le marais.

Les deux intelligents animaux s'élancèrent, et, à qui plus vite, nagèrent vers le point désigné.

Pendant ce temps, Armand Lejeune disait au colporteur :

— Mais n'avez-vous pas d'autres vêtements ?

— Aucun, répondit celui-ci, si bas qu'à peine on le pouvait entendre.

— Vous ne sauriez pourtant demeurer ainsi, avec cette blouse mouillée sur les épaules. Vous courez risque de gagner une fluxion de poitrine. Tenez, ôtez-moi ce vêtement et prenez le mien. Nous ferons sécher le vôtre, ainsi que le pantalon : et si le cœur vous en dit, ma foi, pendant ce temps nous déjeunerons. J'ai là une tranche de sanglier fumé... Allons, mon ami, dépêchez ! Faut-il vous aider ?

Et faisant suivre l'action de la proposition, Armand s'approchait du colporteur pour lui enlever son bourgeron, collé sur le dos. Mais, à mesure qu'il avançait, le père Petit-Jean reculait en bégayant :

— Non, non... ce n'est pas la peine... vous êtes trop bon... Je vous remercie... je me sens bien... D'ailleurs, je suis habitué...

— Bah ! repartit son interlocuteur avec un sourire, vous êtes pudique à votre âge, c'est beau et c'est rare, mon gaillard.. je vous en félicite... Mais n'ayez aucune crainte...je me retournerai... tenez, cachez-vous derrière le gros chêne... vous y serez tout à fait à l'abri des regards indiscrets.

En même temps, il lui montrait un chêne magnifique qu'on peut admirer encore, à l'orée du bois, sur la rive droite de l'étang de Froidfontaine.

— Non, non, encore une fois, c'est inutile, je n'en ferai rien, répliqua le vieillard, relevant la tête avec une vivacité et une énergie qui annonçaient déjà un commencement d'irritation.

— Oh ! comme il vous plaira ! dit Armand en sifflant ses chiens qui jouaient avec le lambeau d'étoffe qu'ils avaient rapporté de l'eau.

Il souleva la loque du bout de son fusil et murmura :

— Tiens, on dirait que ça vient du mantelet de cette petite... Mais je suis fou... je la vois partout... C'est absurde... Est-ce que je me remettrais à aimer ?... Oui ! oui ! la négresse. Ah ! celle-là c'est la seule qui ne trompe jamais. N'est-ce pas, mon brave, qu'une bouteille vaut mieux qu'une femme ? continua-t-il en se tournant vers le père Petit-Jean. Voulez-vous *tuner* un coup ? Non. Eh bien ! à votre santé... Et à nos amours !

Là-dessus, le chasseur, souriant, fit une longue caresse à sa gourde.

— Et mon déjeuner, vous n'en voulez pas non plus ? reprit il après avoir bu.

Petit-Jean secoua négativement la tête.

— Alors, dit Armand, à l'avantage de vous revoir !

Et il s'enfonça sous le bois, accompagné de ses chiens.

Dès qu'il eut disparu, le père Petit-Jean se glissa derrière un buisson touffu, dans la forêt, et, après s'être bien assuré qu'on ne l'observait pas, il souleva son bourgeron, ouvrait sa chemise, plongea la main dessous, et retira, avec un air de satisfaction indicible, un médaillon en or qu'il baisa passionnément à plusieurs reprises, en marmottant :

— Mon Dieu ! comme j'avais peur qu'il ne fût resté dans cette maudite mare !

Le médaillon remis à sa place, notre colporteur frappa sur une grosse ceinture de cuir, qu'il portait entre sa chemise et sa peau. La ceinture rendit un son métallique.

— Tout va bien ! fit l'homme. En route maintenant.

Il revient sur la prairie pour chausser ses souliers et reprendre sa balle. Mais, en passant près du chiffon cause de sa mésaventure, il ne peut s'empêcher de le ramasser, moins par curiosité que pour ne pas forfaire à son principe : « On ne doit jamais rien laisser perdre.»

Ce chiffon c'est un lambeau de soie. Le père Jean l'examine, le palpe en connaisseur, il va le fourrer dans sa poche, quand une broderie frappe ses regards. Il pâlit, frissonne, se frotte les yeux, et un cri déchirant jaillit de sa poitrine :

— Mais c'est une pièce du mantelet que j'avais envoyé pour ses œufs de Pâques, à Aurélie... Je le reconnais. C'est moi qui ai choisi cette broderie chez la couturière de la rue de Choiseul !.. Aurélie !... son mantelet ici !... Comment se fait-il ?... Mon Dieu ! mon Dieu !...

Et le malheureux, frémissant, livide, hagard, tient ses prunelles ardemment fixées sur l'étang de Froidfontaine, comme s'il espérait par cette intense fixité en sonder, en fouiller les noires profondeurs.

VI

UN PÈRE.

Un moment, le père Petit-Jean songea à se déshabiller, à se mettre à l'eau, et à explorer le marais. Mais quel résultat pouvait amener cette tentative ? C'eût été courir à sa propre perte. Non. Il n'y fallait pas songer. Encore si le chasseur eût été là, avec ses chiens. Malgré sa répugnance à l'employer, Petit-Jean se fût résigné à s'adresser à lui. Mais Armand était loin déjà, trop loin. Que faire ? Aller chercher de l'aide ? Où ? Comment ? A quoi bon d'ailleurs ? On ne voit rien. Nul corps n'apparaissait à la surface des eaux paisibles. A la pensée d'un cadavre, le colporteur sentait ses jambes fléchir sous lui, ses paupières battaient, se fermaient, et le sang cessait de circuler dans ses artères.

— Non, se dit-il, elle n'est pas là ! elle vit, j'en suis certain, quelque chose me le crie.

Courons, courons vite nous en assurer.

Il se chaussa promptement, replaça sa balle sur son dos, et partit à toutes jambes dans la direction de Maulnes, mais non sans lancer encore un regard éperdu derrière lui.

Ce n'était plus ce vieillard débile et courbé sur la terre que nous avons vu tout à l'heure : c'était un homme alerte, impétueux, qui arpentait le terrain avec la rapidité d'un cerf poursuivi par une meute.

Il franchit la vallée, il escalade la montagne ; la sueur baigne son front, inonde ses membres. Le voici sur le plateau que dominent le vieux château et la verrerie de Maulnes. Ce plateau, il le traverse en quelques minutes, et rentre dans la forêt par une ligne, dite de Nicey.

Malgré la chaleur, malgré le poids de son fardeau, malgré son âge, le père Petit-Jean a fait, par monts et par vaux, plus de deux lieues en moins d'une heure.

Ah ! de quels prodiges n'est-elle pas susceptible la passion dans ses transports !

Notre colporteur marche, marche toujours, ou plutôt il court, il vole, tantôt dans des chemins sillonnés de profondes ornières, tantôt dans des sentiers à peine frayés, tantôt à travers bois, sans souci des épines qui déchirent ses vêtements et son corps, sans souci des branchages qui lui labourent à chaque instant le visage.

Enfin, il arrive devant un énorme trou rempli d'eau. Des vestiges de maçonnerie, des débris de margelle annoncent que cette fosse est le produit de l'industrie humaine.

En effet, c'est un ancien puits, célèbre dans l'histoire du pays. On l'appelle encore le puits des Romains. Il servait, dit-on, à alimenter un immense viaduc, qui allait à 10 ou 12 kilomètres de là distribuer l'eau dans *Landunum*, cité gallo-romaine, capitale du Pagus-Latiscensis, découverte, en 1850, par mon savant ami Lucien Coutant.

A 25 ou 30 mètres du puits des Romains, s'élevait alors un de ces monceaux de pierre que nos paysans nomment *murjets*. Un épais hallier de houx et de ronces, paraissant impénétrable, couvrait cet amas de décombres.

Le colporteur promène les yeux autour de lui. Personne n'est en vue. Il écarte avec précaution quelques rameaux du buisson, pousse un cri particulier, auquel il est répondu par un cri semblable, et notre homme, se couchant à plat ventre, rampe, se glisse dans l'intérieur du hallier, où il ne tarde pas à disparaître.

Il était environ midi.

. . . .

Vers deux heures on pouvait voir sur la route de Nicey à Laignes un individu proprement vêtu d'un chapeau de castor, d'une redingote, d'un gilet et d'un pantalon de drap noir, qui s'avançait du côté de cette dernière localité. Le bas de son pantalon était retroussé pour ne le point user et salir. Sous son bras était pliée avec soin une blouse de cotonnade bleue.

Il avait les cheveux noirs, un collier de barbe noire et tout à fait bonne mine, quoique son visage fût un tantinet coloré.

Volontiers on l'eût pris pour un riche fermier des environs se rendant à la ville.

Mais en y regardant de près, de très-près, à vrai dire, un limier de la police aurait pu se demander si ce n'était pas là l'homme qui enjambait si agilement, quelques heures auparavant, la vallée et la forêt de Maulnes.

Et c'était bien lui, fort habilement déguisé, du reste.

Il allait d'un bon pas.

Parvenu près de Laignes, il tourna ce bourg à gauche et prit la route de Châtillon-sur-Seine, où il arriva vers six heures du soir, en passant par le village de Sainte-Colombe.

A la sortie des Garennes, qui séparent Sainte-Colombe de la ville, le père Petit-Jean enfila la belle promenade de la Dwi, s'arrêta devant la fontaine des Ducs, où il s'épousseta avec son mouchoir et se rafraîchit.

Puis, le cœur palpitant, il se dirigea, en cherchant à n'être point remarqué, vers un pensionnat de demoiselles, situé à l'une des extrémités de la ville, non loin de l'église Saint-Vorles.

Le pauvre homme tremblait fort en tirant le cordon de la sonnette de la pension.

— Mademoiselle Aurélie? fit-il, d'un ton altéré, à la domestique qui vint lui ouvrir la porte.

— Mademoiselle Aurélie ! répondit la servante. Si monsieur veut attendre, je cours prévenir madame.

— Elle va bien... Aurélie ? hasarda le colporteur d'une voix si faible que les sons expiraient sur ses lèvres.

— Ah ! voici madame, dit la domestique, en montrant une femme d'un air gracieux et assez distingué, quoiqu'elle eût une épaule déviée et portât des toilettes d'une bizarrerie inimaginable.

Petit-Jean se précipita vers cette dame.

— Aurélie? proféra-t-il, en interrogeant la maîtresse de pension plus encore avec les regards qu'avec les paroles.

— Ah ! c'est vous, monsieur Petit ! fit-elle d'un ton embarrassé.

— Dites-moi comment va Aurélie ? Lui serait-il arrivé quelque accident ? prononça-t-il tout d'une haleine.

— Elle est un peu...

La maîtresse du pensionnat s'arrêta.

— Parlez, madame ! Parlez ! s'écria Petit-Jean.

— Je voulais dire qu'elle était indisposée.

— Indisposée, rien que cela, bien sûr, bien sûr ? mais répondez donc ! reprit-il, en saisissant les mains de l'institutrice par un mouvement nerveux.

— Je puis vous garantir qu'aujourd'hui...

— Aujourd'hui ?

— Tout danger est passé.

— Danger ! Aurélie a été en danger ?

— Oui, monsieur, nous vous avons écrit à Paris ; n'auriez-vous pas reçu notre lettre?

— Non, répliqua-t-il brusquement. J'étais en voyage. Mais, où est Aurélie ? je veux la voir ; menez-moi vers elle, m'entendez-vous, madame ! Ne voyez-vous pas que je suis à la torture ?

En effet, son visage était effrayant. Il pâlissait et s'enflammait tour à tour, avec des tons d'une opposition terrible. Et son corps frémissait comme s'il eût été soumis à l'action d'une pile voltaïque.

— Calmez-vous, monsieur, je vous prie, calmez-vous. La jeune personne a été malade ; mais, je le répète, aujourd'hui elle est hors de péril.

— Ah ! soupirait-il, au milieu d'une effusion qui contrastait étrangement avec la violence dont il venait de faire preuve, et témoignait en même temps de l'horrible lutte à laquelle son âme avait été en proie ; ah ! madame, si ce que vous dites est réel, si Aurélie recouvre la santé, je vous bénirai... Je prierai le bon Dieu pour vous...

Et deux larmes brûlantes s'échappèrent de ses yeux.

L'éloquence du cœur a des naïvetés sublimes.

— Veuillez entrer au salon, dit l'institutrice.

— Au salon ! et pourquoi faire ?

— Mais je dois prévenir Aurélie...

— Comment la prévenir ?

— Sans doute ; la pauvre enfant a été fort malade..

— Malade ! ne prononcez pas ce mot, madame, dit-il avec véhémence.

— Enfin, je dois la prévenir. Une émotion trop vive... Vous comprenez, monsieur.

Disant cela, la maîtresse de pension le poussa doucement dans un salon de plain-pied avec la cour ; et elle monta à l'étage supérieur.

Petit-Jean se laissa tomber sur un fauteuil. Mais ses nerfs étaient trop agités pour qu'il pût demeurer longtemps à la même place. Il se leva, se mit à se promener dans ce salon dont il connaît bien l'ameublement fané, la tapisserie défraîchie, les esquisses dues au crayon des premiers prix de la classe de dessin, et l'antique épinette, si tracassée par les doigts des futures musiciennes.

Le colporteur fit trois ou quatre tours dans cette

pièce. Mais il n'y tenait pas. Les secondes lui paraissaient des années; les minutes, des siècles. Fébrilement, sans trop savoir ce qu'il faisait, il ouvrit la porte par laquelle était sortie l'institutrice; il trouva un escalier, le monta en deux bonds, et il arriva sur une sorte de palier auquel venaient aboutir plusieurs corridors.

Petit-Jean s'arrêta, écouta en s'appuyant contre le mur et en comprimant sa poitrine avec ses deux mains crispées, car il lui semblait que son cœur allait jaillir au dehors. On parlait dans une chambre près de lui. Il reconnut une voix.

Il se précipita follement dans cette chambre en criant :

— Aurélie !... ma fille! ma fille !

VII

AURÉLIE.

En 1827, un homme, décemment mis et portant un enfant au maillot dans ses bras, était descendu un soir de juillet de voiture de Tonnerre à Châtillon-sur-Seine, et il avait, à pied, gagné le village de Sainte-Colombe, situé à un kilomètre de la grand'route.

Il entra chez un forgeron, dont la femme venait de faire ses couches, et il dit à cette femme :

— Vous êtes madame Brugnot ?

— Pour vous servir, not' monsieur, répondit-elle avec une belle révérence.

— J'ai appris, ma bonne femme, que vous désiriez un nourrisson. Je sais que vous êtes une excellente mère, propre, soigneuse, que vous aimez beaucoup les enfants. C'est pourquoi je veux vous confier celui-ci.

— Vous êtes ben honnête, monsieur, fit la forgeronne, en prenant l'enfant qu'il lui présentait.

— Pour vos peines, continua-t-il, vous recevrez cinquante francs par mois.

— Cinquante francs ! répéta la femme ébahie ; car alors, en Bourgogne, les plus riches bourgeois payaient au plus vingt francs les mois de nourrice.

— J'ai dit cinquante, et je ne me dédis pas, repartit l'étranger, sans pouvoir cependant étouffer un soupir. Voici six mois d'avance, en comptant avec précaution, sur la table, trois cents francs, en écus de cinq francs, qu'il venait de tirer d'une sacoche de cuir. Seulement, comme je vous les avance, je vous retiens l'intérêt de cinq pour cent, ce qui fait sept francs cinquante centimes.

Et, avec ces mots, il reprit deux pièces de cinq francs sur la table, et les remplaça par deux francs cinquante centimes en menue monnaie.

La nourrice était trop émerveillée de cette fortune qui lui tombait des nues, pour faire attention à ce petit détail d'économie financière. Elle démaillota l'enfant, une charmante petite fille, changea ses langes et lui donna le sein, pendant que l'étranger disait, après avoir recompté pour la quatrième fois l'argent :

— Serrez cela, ma bonne femme ; serrez cela. Les pièces de cent sous sont trop rondes et aiment trop à courir, pour qu'il soit prudent de les laisser dehors.

— Ce que vous disez là, c'est juste comme de l'or, not' monsieur.

— Tous les six mois, pareille somme vous sera versée ; et, comme je voyage beaucoup, je ne pourrai voir la petite qu'une fois l'an, à cette époque-ci. Mais si, par hasard, elle était malade, si vous aviez besoin de moi, voici mon adresse.

— Oh ! j' ne savons pas lire, not' monsieur ! fit la mère Brugnot.

— Alors, souvenez-vous : *M. Petit, à Paris, poste restante.*

— Oui que j' nous en souviendrons, dit la Bourguignonne. Sainte Viarge ! qué biau infant !

— Vous en aurez bien soin ?

— Soin, not' bourgeois ! qui donc qu'aurait pas soin d'eune aussi belle créature du bon Dieu. A sera neurrie et afficotée comme le not'.

L'étranger sourit d'un sourire amer, se leva et se dirigea vers la porte pour partir.

— Tiens, vous vous en allez comme ça ? dit la nourrice surprise. Voulez-vous t'y pas vous rafraîchir? Not' homme n'est pas ici, mais on ira l' qu'ri.

— Merci, merci. Au revoir !

— Vous n'embrassez pas vot' p' tiote ?

L'inconnu ne répondit point.

— Et comment qu'vous l'appelez, sans vous offenser ?

— Aurélie.

— Elle est-y baptisée au moins, c'te chère fille, demanda la mère Brugnot.

— Oui, répliqua-t-il en sortant de la maison.

Aurélie était tombée entre les mains de braves gens. Elle crût et prospéra en santé, à merveille. Bien faite de corps, agréable de visage, ses beautés se développèrent rapidement à l'air sain et pur de la campagne. Fidèle à sa parole, M. Petit envoyait tous les six mois trois cents francs, moins la retenue de sept francs cinquante centimes pour les intérêts. Et, tous les ans, il venait voir Aurélie, entre le 1er et le 10 juillet. Sa première visite, l'année suivante, dura dix minutes. Il partit sans avoir fait une seule caresse à l'enfant ; la seconde année, il resta un quart d'heure, et, cette fois, les lutineries d'Aurélie lui valurent un baiser donné à la dérobée, mais qui fut, néanmoins, surpris par la nourrice. La troisième année, M. Petit apporta des joujoux à la petite. Il demeura plus d'une heure chez la forgeronne, joua avec l'enfant, et, en s'éloignant, laissa deux pièces d'or pour son trousseau.

La mère Brugnot ne se possédait pas de joie.

— C'est un drôle de citoyen que not' monsieur, dit-elle à sa voisine. Il a z'é'vu des chagrins sans doute, c't'homme. Mais là, y est bon, bon comme le bon pain.

A cinq ans, Aurélie alla à l'école du village. Elle y resta deux saisons, puis on la mit en pension chez mademoiselle B***, à Châtillon-sur-Seine. Le jour où il fallut se séparer de sa « fillette », la mère Brugnot pleura toutes les larmes de son corps, comme elle disait. Mais enfin le pensionnat était proche, une demi-heure de chemin. Trois fois par semaine, Aurélie recevait la visite de la bonne nourrice. C'était une consolation pour toutes deux. Quant à M. Petit, il venait régulièrement chaque année, payait la pension, servait une petite rente mensuelle de vingt-cinq francs à la mère Brugnot, mais évitait toute rencontre avec elle.

A Aurélie il témoignait maintenant une tendresse excessive qui augmentait avec le temps. Bijoux, livres, objets d'art, il ne lui refusait rien. Rien n'était luxueux, rien n'était trop cher pour elle. La maîtresse de la pension fut même obligée de le prier de modérer ses générosités, afin de ne pas soulever contre la jeune fille la jalousie de ses compagnes. On le voyait arriver annuellement, toujours à la même époque ; il passait une demi-journée avec Aurélie et repartait sans qu'on sût où il résidait, ce qu'il faisait.

— Je suis marchand forain, avait-il dit ; je voyage constamment ; quand vous aurez besoin de m'écrire, que ce soit à M. Petit à Paris, poste restante.

Il n'y avait aucune raison pour ne pas ajouter foi à ses paroles ; et, comme il payait bien, quoiqu'en vérifiant minutieusement chaque compte et trouvant presque invariablement le moyen de relever quelques erreurs à son préjudice, ou d'opérer quelques réductions à son avantage, la directrice du pensionnat lui faisait toujours bon accueil et avait pour Aurélie une attention particulière. Cette attention était justifiée, au surplus, par l'assiduité et la rare intelligence de la jeune fille.

A l'établissement elle était inscrite sous le nom d'*Aurélie Petit*. Le père Petit-Jean passait pour son tuteur. Elle l'appelait ordinairement « mon oncle ».

Toutes les distributions de prix étaient pour Aurélie des occasions de triomphe. En l'admirant, on l'enviait, mais on la gâtait aussi. Et c'était le côté sombre de ce brillant tableau. Habituée à faire ses fantaisies, adorée de son oncle, flattée par ses institutrices, Aurélie ne connaissait d'autre contrôle à ses penchants que sa volonté ; d'autre arbitre à ses caprices que le désir lui-même. Son caractère était fougueux, emporté, opiniâtre.

A douze ans, ayant eu une altercation avec une de ses sous-maîtresses, elle quitta secrètement le pensionnat et se réfugia chez sa nourrice. On essaya de la faire rentrer, ce fut en vain. Aurélie refusa d'y consentir, à moins que celle « qui l'avait insultée », objectait-elle, ne quittât la maison. La directrice du pensionnat tenait plus à son élève qu'à la pauvre sous-maîtresse. Celle-ci fut sacrifiée, et Aurélie reprit son cours d'études.

Les vacances, elle les passait chez sa nourrice, à Sainte-Colombe. Un jour, le mari de cette femme, qui travaillait à la forge, fut pris dans un cylindre. Il y perdit la vie.

Le désespoir de la mère Brugnot ne saurait se peindre. Malgré son affection pour Aurélie, elle ne voulut plus rester à Sainte-Colombe et se retira avec ses deux enfants, un garçon et une fille, chez des parents qu'elle avait à Villon, dans le département de l'Yonne, à sept ou huit lieues de Châtillon-sur-Seine.

C'était en 1848.

Aurélie avait alors près de seize ans. Aussitôt que sa bonne nourrice fut installée à Villon, elle demanda la permission de l'aller visiter. Cette permission lui fut accordée. Et la jeune fille partit un matin, par la diligence de Châtillon à Tonnerre, après avoir été recommandée vivement au conducteur, Alexandre.

Aurélie portait une élégante toilette d'été qui faisait ressortir ses charmes naturels. C'était un coquet chapeau de paille d'Italie, une robe de barége bleue et un mantelet en soie noire brodé, que son oncle lui avait envoyé de Paris pour ses œufs de Pâques.

La jeune fille devait descendre près du chemin de Baon, où la mère Brugnot l'attendrait avec une voiture pour la conduire à Villon, éloignée seulement de quelques kilomètres.

On touchait à la fin de juin. Aurélie, qui n'avait jamais fait de plus long trajet que celui de Châtillon à Sainte-Colombe, se sentait toute joyeuse d'accomplir ce petit voyage. Le temps était superbe et, quoique la route qu'elle parcourait soit assez uniforme, notre pensionnaire jouissait avec délice des moindres perspectives qui se présentaient à l'horizon. On traversa Cerilly, puis Laignes, puis le bois de la Vesvres, Puisson, Pimel, et enfin, au sommet d'une côte boisée, on atteignit le chemin de Baon.

— C'est ici, mademoiselle, fit le conducteur de la diligence.

— Mais, dit Aurélie, je ne vois pas la voiture chargée de me mener à Villon.

— Oh ! elle va venir. Moi, je ne puis attendre. Vous la trouverez sans doute à Baon, ce village qu'on aperçoit dans le fond, à une portée de fusil.

— Merci, monsieur, dit la jeune fille, en sautant à terre, son cabas sous le bras.

Le conducteur fouetta ses chevaux et la diligence repartit.

Un instant Aurélie se promena sur la grande route, regardant si la voiture arrivait. Mais la voiture n'arrivait pas. La pensionnaire s'impatienta et se dit qu'elle pourrait bien descendre à Baon, dont on voyait le clocher et les maisons couvertes de chaume. Elle prend un sentier qui longe la forêt, trouve des fraises, en cueille et les mange. Puis c'est une rose qui l'attire. Un magnifique papillon aux ailes d'or et d'azur passe devant elle. Aurélie se met gaîment à sa poursuite. Elle pénètre, sans y prendre garde, dans le bois. Elle s'égare.

Quand elle veut reprendre son chemin, il est trop tard. Pauvre enfant, la voici perdue dans l'immense forêt de Maulnes, sur laquelle on lui a si souvent raconté les plus terribles histoires de voleurs, d'assassins et de loups enragés. Car elle a une sinistre réputation dans toute notre Bourgogne, la forêt de Maulnes! Mais Aurélie est courageuse, hardie. Elle essaye bravement de se retrouver, de s'orienter. Elle erre pendant plus de quatre heures. Peines inutiles! La jeune fille est fatiguée. Ses vêtements sont lacérés, ses pieds ensanglantés, ses mains, son visage gonflés par la chaleur, boursoufflés et tout couverts de piqûres de taons. Aurélie se décide à appeler. Bientôt deux hommes, à la mine rébarbative, hideuse, sortent des profondeurs d'un fourré et s'approchent d'elle.

VIII

LES BANDITS.

Ce que j'ai affirmé dans le précédent chapitre n'est point une fantaisie de romancier: la forêt de Maulnes est très-malheureusement célèbre dans les annales du crime. Si jadis sa vaste étendue (elle avait plus de quinze lieues de circonférence), ses profonds ravins, ses hautes futaies, ses roches escarpées, ses buissons inextricables en faisaient un repaire sûr pour les brigands, les assassins, les voleurs, proscrits de toutes sortes, les *outlaws*, comme disent nos voisins d'Outre-Manche; aujourd'hui encore elle est redoutée des voyageurs. Les noms de Charlesris et de l'Acajou sont encore aussi dans toutes les bouches, et, en 1843, ils semaient la terreur dans tous les pays circonvoisins.

Aussi, à la vue des deux individus qui s'avançaient vers elle, Aurélie ne put réprimer un cri d'effroi. Leur physionomie féroce, leur longue barbe inculte, leur accoutrement sordide, en désordre, les armes qu'ils portaient, étaient bien propres, du reste, à jeter l'épouvante dans le cœur d'une jeune fille, seule, perdue au sein de cette sauvage solitude. Elle prit la fuite. Ils se mirent à sa poursuite, en l'interpellant, en lui adressant des paroles grossières, dont elle ne comprenait pas le sens.

Aurélie était exténuée. Mais la peur lui donnait des ailes. Elle court pendant un quart d'heure sans reprendre haleine; et peut-être aurait-elle échappé à ses persécuteurs, dont la marche était retardée par les fusils qu'ils portaient en bandoulière; mais en descendant une hauteur, conduisant à une clairière, la pauvre enfant fit un faux pas et tomba sur la racine d'un arbre où elle se blessa grièvement à la tête.

— Ah! nous la tenons, la chipie! vociférèrent les bandits, en se précipitant sur la victime.

— Elle est à moi, cette *pante* (1)! dit l'un, c'est moi qui l'ai aperçue le premier.

— Tu as menti, Sacristain, c'est moi.

— Tu ne l'auras pas, que je te dis, Coupe-Jarrêts.

— C'est ce que nous allons voir, répliqua l'autre en armant son fusil.

— Mille millions de diables! Est-ce que tu en voudrais à ma peau? C'est que j'aurais bientôt fait de te *chouriner* (2).

— Chut! fit Sacristain, rabaissant son fusil et prêtant l'oreille.

— Qu'est-ce qu'il y a?

— Silence! silence! Coupe-Jarrêts, on vient.

Effectivement, on entendait, à peu de distance, un craquement de branchages.

Un homme apparut sous le bois.

— Le Sanguier de Villon, sauvons-nous!

— Bah! un coup de *pied de cigogne* (3), fit Coupe-Jarrêts.

— Et ses chiens: ses bêtes de l'enfer, vous dévoreraient un homme comme un lapin.

En disant ces mots, Sacristain détala. Son compagnon le suivit aussitôt.

Armand Lejeune arrivait, accompagné de ses chiens Ouragan et Tempête. Le jeune homme sifflait un air de chasse. Les chiens étaient à faux vent. Toutefois, en approchant, ils flairèrent quelque chose et se prirent à grogner.

— Holà! ho! qu'y a-t-il, mes beaux?

Les animaux s'élancèrent sur la jeune fille évanouie au pied de l'arbre. Armand, portant ses regards dans leur direction, l'aperçut. Il accéléra sa marche et bientôt il fut près d'elle.

La prendre doucement sur ses bras, la transporter dans le vallon et l'étendre sur le gazon près d'une source vive, puis saisir un des lambeaux du mantelet qui pendait en loques sur les épaules de la jeune fille, le plonger dans l'eau et en humecter les tempes d'Aurélie, fut pour lui l'affaire d'un instant.

Elle revint à elle, considéra l'étranger avec surprise, et fondit en larmes. Armand la rassura, pansa tant bien

(1) Pante, terme d'argot. Il veut dire victime.
(2) Tuer.
(3) Fusil.

Et le corps frémissant du colporteur se balança dans l'espace. — Page 23.

que mal la blessure qu'elle avait à la tête, avec les pièces du mantelet dont il laissa tomber, par mégarde, une pièce dans le ruisseau.

Après lui avoir conté brièvement son aventure, Aurélie demanda où elle se trouvait.

— A l'étang de Froidfontaine, répondit Armand, tout près de Villon. Si vous vous sentez assez forte, et si vous voulez bien accepter mon bras, je vous y conduirai.

Un regard timide, mais chargé de reconnaissance, remercia le chasseur.

Et aussi tremblante d'appuyer pour la première fois son bras à celui d'un jeune homme que la frayeur qu'elle venait d'éprouver, Aurélie commença de gravir avec lui la montagne, au faîte de laquelle est bâti le village de Villon.

Leurs sensations, leurs sentiments à tous deux pendant cette rude ascension, je ne chercherai pas à les décrire ici. Il suffit de savoir que le Sanguier de Villon se conduisait avec une courtoisie parfaite, et qu'il remit la belle enfant dans les bras de sa nourrice, sans accident nouveau.

Aurélie passa une nuit fort agitée. Le lendemain, elle avait la fièvre. Il était à craindre que ce ne fût le début d'une maladie sérieuse. Elle voulut être reconduite sur-le-champ à sa pension, car il eût été difficile de lui donner, dans le pauvre village de Villon, les soins que réclamait son état. Bien à contre-cœur, la mère Brugnot consentit à la laisser partir. Mais, moins que personne, elle se serait permis de résister à un désir de sa fillette. Elle se reprochait assez, la bonne femme, d'être arrivée la veille, un quart d'heure trop tard, au rendez-vous qu'elle avait donné à Aurélie. On emprunta la voiture de M. le maire, le cheval d'un cultivateur; on la capitonna de paille et d'oreillers; Jacques, le frère de lait d'Aurélie, se chargea de conduire, et la jeune fille fut ramenée au pensionnat de mademoiselle B***.

Pendant le voyage, la fièvre avait augmenté. En arrivant, il fallut transporter Aurélie dans son lit. La mère Brugnot s'établit au chevet, et Jacques retourna seul à Villon.

Une congestion cérébrale se déclara deux jours après. Et, pendant une semaine, Aurélie fut entre la vie et la mort. On écrivit à M. Petit. Mais M. Petit ne répondit pas. Il était en voyage, et ne reçut pas la lettre.

Tant que dura la crise, la mère Brugnot se tint fidèle à son poste, ne laissant à personne le soin de veiller sur sa fille chérie. Grâce à cette sollicitude attentive, anxieuse, à ces prévenances délicates de tous les instants, la maladie diminua d'intensité; et, le matin du jour où le Petit-Jean arriva au pensionnat, le médecin, M. Duseuil, avait pu dire qu'il répondait de l'existence d'Aurélie. A cette bonne nouvelle, la mère Brugnot, sautant au cou du digne docteur, l'avait bravement embrassé, et elle était repartie pour Villon « voir un peu comment qu'çà se manigançait dans son ménage. »

Tels étaient donc les événements qui avaient précédé la venue du père Petit-Jean, à Châtillon.

On se rappelle qu'en faisant irruption dans la chambre de la malade, il s'écria :

— Aurélie ! ma fille ! ma fille !

Par bonheur, la pensionnaire était déjà prévenue. Sans cela la commotion aurait pu lui être funeste.

Elle tendit les bras au vieillard, qui se précipita sur le lit, en mangeant l'enfant de baisers, en l'inondant de larmes. Aurélie, aussi, aimait tendrement son oncle. Elle lui rendit ses caresses avec usure. Et, pendant quelques minutes, ce fut entre eux un échange de marques de la tendresse la plus passionnée. Je ne dirai ni ces mots entrecoupés, ni ces exclamations de joie, ni ces accents émus, ni ce suave langage mimique plus encore que parlé, qui remplit les premiers moments qu'ils passèrent ensemble.

Mademoiselle B*** s'était discrètement retirée.

— Enfin, tu vas mieux; dis-moi que tu vas mieux, ma chérie, ma fille adorée, faisait le père Petit-Jean en souriant à travers ses pleurs.

— Mais oui, je vous assure, mon bon petit oncle.

— Et tu ne seras plus malade, n'est-ce pas? Promets-le-moi.

— J'essaierai, dit-elle, souriant à son tour.

— Non jamais... je veux que tu ne sois jamais malade. Fi ! c'est vilain, çà, de rester renfermée dans une méchante cellule quand il fait si beau dehors.

Les embrassades recommençaient. Puis le père Petit-Jean bordait le lit, relevait les oreillers, offrait une potion, ceci, cela. Lui refusait-on, il boudait. Son offre était-elle acceptée, il tremblait si fort de bonheur, le pauvre homme, qu'il renversait une partie du contenu de la coupe sur les draps, s'accusait de maladresse, jurait qu'il était un nigaud, une bête brute et finissait par s'agenouiller devant Aurélie, et lui baiser la main avec toute la ferveur d'un amant.

Pendant qu'il se livrait, comme un insensé, à ces extravagances, le médecin entra dans la chambre.

Il était suivi de la directrice de la pension.

— Monsieur est le tuteur de notre intéressante malade, dit-elle, en montrant Petit-Jean.

Le docteur salua :

— C'est vous qui avez sauvé ma fille, s'écria impétueusement le colporteur, eh bien ! monsieur, demandez-moi ce que vous voudrez, vous l'aurez, quand ce serait dix, vingt, cent mille francs, car je suis riche, moi, voyez-vous... très-riche !

Puis, comme il se repentait de cette sortie, il ajouta d'un ton plus mesuré :

— Pardonnez-moi, monsieur, je suis fou ! la douleur ! la joie ! si vous saviez ce que j'ai souffert...

— Je comprends... je comprends, monsieur, dit gravement le praticien ; mais mademoiselle a le plus grand besoin de repos... Je crains que votre présence subite... votre agitation...

— Ah ! monsieur, s'il faut que je sorte, je m'en irai. Mais mon cœur déborde... je ne me possède plus...

— Allons ! allons ! fit le docteur, calmez-vous, monsieur. Avant huit jours cette enfant sera tout à fait remise. Cependant, il faut des ménagements, de grands ménagements... Je crois qu'il serait bon de la laisser reposer, car l'émotion l'a fatiguée, ajouta-t-il en s'approchant du lit d'Aurélie, qui commençait, en effet, à sommeiller.

Après avoir embrassé la jeune fille d'un long et profond regard, le père Petit-Jean se retira sur la pointe des pieds, accompagné du médecin, auquel il n'osait serrer la main, mais à qui il dit, en le quittant :

— Je vous le répète, monsieur, exigez ce que vous voudrez pour vos honoraires... Quand se serait cent mille francs... je puis vous les donner.

Une fois dans la rue, le colporteur se dit en essuyant son front baigné de sueur :

— A présent, aux affaires !

La nuit tombait. Il traversa lestement la ville, mit sa blouse sur sa redingote, reprit la route de Tonnerre, parvint vers minuit à Nicey, franchit le village, s'enfonça dans la montagne et disparut au milieu d'une vieille carrière abandonnée, après avoir poussé et reçu le cri que nous avions déjà entendu proférer près du puits des Romains.

IX

LE REPAIRE DES BRIGANDS.

Ce cri était une imitation de celui de l'oiseau nocturne que, dans le Tonnerrois, on nomme communément le Jean-des-Bois. Par les belles nuits d'été, on l'entend, à chaque instant, dans les forêts montagneuses. Il se compose d'une seule note — hoû ! — longuement prolongée, sinistre comme un râle d'agonie. Beaucoup de personnes ne s'y peuvent accoutumer. Pour moi, je déclare qu'il m'a causé un moment de trouble, chaque fois qu'il a frappé mes oreilles ; aussi ne suis-je point surpris que la crédulité populaire ait longtemps regardé et regarde encore le Jean-des-Bois comme un messager de la Mort.

Mais revenons au colporteur.

Après avoir échangé le signal, il entra sous une voûte, complétement noire, tira de sa poche une boîte phosphorique et un rat-de-cave, qu'il alluma.

— Qui va là ? fit un individu, sortant soudain des ténèbres, un pistolet à la main, et il souffla sur la bougie, qui s'éteignit.

— *Bon bûcheron*, répondit le père Petit-Jean, sans s'alarmer de cette brusque et menaçante apparition.

— *Bon bûcheron*, reprit l'homme, lui prenant la main et la lui pressant d'une certaine façon mystérieuse.

Le colporteur lui rendit une pression de main semblable, et ralluma son rat-de-cave.

— Quoi de nouveau ? dit le factionnaire.

— Rien.

— Rien, là-bas ?

— Rien.

— Les affaires ?

— Mauvaises.

— Apportes-tu de la pécune ?

— Oui.

— Monseigneur rentre-t-il de ce côté ?

— Je ne sais.

— Passe.

Le père Petit-Jean s'enfonça sous la voûte, et la sentinelle s'assit sur un bloc de pierre.

Cette voûte était large, élevée, irrégulière, soutenue par des poteaux.

A la faible lueur que projetait une bougie autour du père Petit-Jean et que faisait vaciller, en tous sens, un courant d'air frais, on pouvait remarquer que la caverne avait été creusée par la main des hommes. Ce devait être une ancienne carrière abandonnée depuis longtemps. Çà et là de gigantesques stalactites pendaient jusqu'à terre. Frappées par les rayons de la lumière, elles miroitaient comme des millions de rubis, et inondaient parfois le souterrain de clartés éblouissantes.

Après cinq ou six minutes de marche, la galerie se divisait tout à coup en plusieurs branches, allant dans diverses directions.

Le père Petit-Jean choisit un rameau qui inclinait vers la droite. Ce corridor, fort étroit, juste à hauteur d'hommes, avait assurément été taillé dans le roc, avec une intention autre que celle d'en extraire de la pierre, car ces parois salpêtrées, sa voûte éraillée portaient partout les marques de la boucharde. L'atmosphère y était lourde. Du reste, la crypte ne se prolongeait pas fort avant. Bientôt un tas de décombres et de sable semblait barrer l'issue.

Notre colporteur ne parut ni surpris, ni contrarié de cette obstruction. Il répandit un peu de cire sur un caillou, y colla son rat-de-cave, se dépouilla de sa blouse, de sa redingote, et, avec ses mains, détourna les pierres et le sable qui lui fermaient la voie.

Après s'être frayé un passage assez large pour recevoir le corps d'un homme, il s'y coula en rampant, et se trouva dans une salle vaste, bien aérée.

Elle était également voûtée ; mais l'humidité ne suintait pas à ses murs, ne dégouttait pas de sa voûte. Et cette voûte était une solide maçonnerie en briques et béton, garnie d'un imperméable revêtement de tuf, détaché de la muraille, en quelques places, comme on pouvait le voir, à la clarté d'une lampe de fer, à plusieurs becs, fichée dans la muraille.

A droite et à gauche de l'entrée que s'était faite le père Petit-Jean, on apercevait deux trous noirs, semi-elliptiques, ayant cinq à six pieds d'élévation, qui s'enfonçaient sous terre, l'un montant vers le faîte de la montagne, l'autre descendant vers la vallée.

Tout autour de la salle étaient pendus des armes, des vêtements, des quartiers de venaison. Des coffres, des malles, des caisses de formes diverses étaient rangées contre les murs. Deux planches posées sur des tonneaux formaient une table au milieu. A cette table, sur des bancs, étaient assis cinq hommes, à la physionomie farouche, patibulaire. Quatre d'entre eux jouaient avec des cartes graisseuses, fumaient et buvaient. Couché sur le bout d'un banc, le cinquième semblait dormir.

Ils avaient nom :

Pierre, dit Sacristain ;

Joseph, dit Serrurier ;

Lucien, dit Videpot ;

Baptiste, dit le Borgne ;

Cadet, dit Tire-juste.

Leur profession ? Voleurs. Leur qualité ? Forçats en

rupture de ban. Ils appartenaient à une bande de scélérats établis depuis quelques années au milieu de la forêt de Maulnes, dans un vieil aqueduc romain, et qui s'était intitulée fièrement :

LES FRANCS BUCHERONS.

Cette bande avait de nombreuses ramifications dans les cantons limitrophes ; ses rapports s'étendaient sur tous les départements voisins. On assurait même, et non sans raison, qu'elle était affiliée à une troupe de *grinches* et d'*escarpes* (1), qui avait choisi Paris pour siége de ses opérations.

— Ah ! voici le père Serrebourse ! s'écrièrent les brigands en voyant apparaitre Petit-Jean.

— Oui, mes enfants ! oui, mes bons chéris ! c'est moi, bien moi, en chair et en os, fit-il d'un ton patelin.

— Nous apportes-tu de la braise ? demanda Sacristain.

— Un moment ! un moment ! quand j'aurai changé de costume et mangé une bouchée, je vous répondrai.

— Bois un coup, papa, dit Videpot. Nous avons là un petit picton, enlevé, hier soir, chez le curé de Nicey... Je ne te dis que çà !

Et se versant une rasade, il l'avala d'un trait.

— Le père Serrebourse boire du vin ! s'écria le Borgne, en haussant les épaules ; il est bien trop cafard ! Moi, je crois qu'il appartient à la rousse (2).

— Allons, allons, fit Sacristain, ne parlons pas mal de notre trésorier. Apportes-tu des jaunets, l'ancien ?

— Oui, oui, on en a quelques-uns. Mais ne soyez pas si pressés, mes enfants, répondit le colporteur de sa voix mielleuse, et en rebouchant avec les décombres le trou par lequel il avait passé.

— Les chandeliers de l'église de Marcenay ont-ils donné beaucoup d'argent ? s'enquit Sacristain.

— Eh ! eh ! pas trop, pas trop, mon petit, il y avait diantrement de l'alliage, dans tes chandeliers.

— Et le saint ciboire en or, que j'ai rapporté du presbytère de Cruzy ? dit Serrurier.

— Il n'était pas méchant, pas méchant, de l'or au second titre, à 0,800 ; hé ! hé ! ç'a été un bon produit... Oui, assez bon ; ma foi, oui !

— Mes couverts d'argent ? ceux qui viennent de l'hôtel du *Lion d'Or*, à Tonnerre.

— Tes couverts d'argent étaient du faux, mon pauvre Tire-Juste, répondit le père Petit-Jean ; et, cette fois, tu as tiré à côté, ajouta-t-il en souriant complaisamment de son jeu de mots.

— Ça n'est pas vrai, vieux filou ! tu veux me voler? grogna Tire-Juste, en se soulevant sur son banc.

(1) Voleurs.
(2) La police.

— Te voler ! voler quelqu'un, moi ! ô mon Dieu ! s'écria le père Petit-Jean avec le ton scandalisé de l'innocence injustement accusée.

Et pour donner plus de poids à son exclamation, il leva les bras et les yeux vers la voûte comme pour y chercher un témoin de sa bonne foi !

— C'est vrai, ça, dirent quelques-uns ; le père Serrebourse est chien, c'est connu ; mais ça n'est pas un escroc.

— N'empêche, murmura Videpot, les gens qui ne boivent que de l'eau, faut s'en défier.

— Si tu faisais les comptes, observa Sacristain.

— Est-ce que Monseigneur est ici ? interrogea le père Petit-Jean.

— Monseigneur ? Non. Il n'est pas rentré de son expédition.

— Eh bien, alors, mes doux agneaux, vous attendrez. Vous savez que je ne puis faire les comptes que lui présent.

— Qu'est-ce que tu veux bouffer ? dit Serrurier.

— Oh ! comme d'habitude.

— Ton morceau de lard, n'est-ce pas ? repartit le brigand en riant.

— Tu ferais mieux de goûter à une gigue du chevreuil que j'ai tué ce matin, dit Tire-Juste.

— Non, non, fit Petit-Jean en secouant la tête.

— Ohé ! la mère Tourne-Broche, apporte la pitance à Serrebourse, cria Sacristain d'une voix qui souleva une série d'échos dans les entrailles du souterrain.

Une vieille femme, rachitique, déguenillée, sale, à l'aspect repoussant, sortit bientôt de l'un des couloirs. Elle déposa, en grommelant, sur la table un morceau de pain, une tranche de jambon fumé, et se retira.

Pendant ce temps, le père Petit-Jean, ayant, avec une mixtion acidulée, déteint ses cheveux et sa barbe, se débarrassait de son costume bourgeois.

Il reprenait ses hardes de colporteur, serrées avec différents autres objets dans une forte caisse en chêne, bardée de fer, scellée dans la muraille, et dont il portait la clef suspendue à son cou, par une chaînette d'acier.

Comme il achevait cette besogne, une exclamation retentit :

— Monseigneur !

Tous les brigands se levèrent.

X

MONSEIGNEUR.

Dans la salle souterraine entrait un jeune homme d'une physionomie caractéristique, impertinente, et vêtu avec une recherche théâtrale. Il avait la taille fort belle, les membres sculptés à l'antique.

Il portait un chapeau de feutre, sur lequel ondoyait une plume noire, un paletot de velours vert-foncé, boutonnant depuis la ceinture jusqu'au col; des culottes blanches en peau de daim et des bottes à retroussis. D'élégantes manchettes finement brodées, mais quelque peu déchirées, se frangeaient autour de ses poignets d'une blancheur et d'une délicatesse presque féminines; à la main droite il tenait une cravache; sa main gauche était à demi passée sous le revers de son paletot, sur lequel flottait une chaîne d'or, soutenant sans doute une montre, placée dans un gousset des culottes.

Des cheveux bouclés, noirs comme l'ébène, tombant en grappes pressées le long de ses épaules, en faisaient ressortir la blancheur marmoréenne de son visage, qu'accentuaient davantage encore des moustaches noires, coquettement frisées, une mouche noire, des yeux brillants, d'une profondeur énigmatique, enfin des lèvres du rose le plus pur.

L'ensemble était charmant, mais prétentieux au possible. Il parlait de Don Juan fait acteur, ou plutôt il vous semblait une copie, fort bien étudiée, de Fra Diavolo.

Il n'y avait pas jusqu'au désordre de son costume qui n'eût un air d'affectation, car son feutre était à demi couvert de poussière. Quelques taches, non encore séchées, souillaient çà et là le velours de son vêtement. La boue avait maculé ses bottes, et, sur sa figure, sur ses mains, on remarquait des traces de sang.

— Bonsoir, copins, dit-il en entrant et jetant son chapeau sur la table.

— Bonsoir, Monseigneur, firent les bandits en s'inclinant avec déférence.

— J'ai l'honneur de vous présenter mes plus humbles respects, Monseigneur, lui glissa Petit-Jean, en se courbant jusqu'à terre.

— Ah! c'est vous, père Jean, reprit-il en apercevant le colporteur. Bon, je vous attendais. Nous avons un compte à régler ensemble, ajouta-t-il d'un ton sarcastique.

Son interlocuteur ne saisit pas l'intention particulière que comportaient ces dernières paroles.

— Je suis aux ordres de Monseigneur.

— Tout à l'heure! tout à l'heure. En attendant, qu'on m'apporte quelque chose pour me *refaire de sorgue* (1). Où est la mère Tourne-Broche?

— Dans sa *cambuse* (2), répondit Sacristain.

— Appelle-la. Et vous autres, dit-il aux bandits, *pitanchez*-moi (3) quelque brocs d'Epineuil, pour me tenir compagnie. De par le *boulanger qui enfourne les âmes* (4), j'ai faim et soif, ce soir.

(1) Ce terme et les suivants, en italique, appartiennent au langage de l'argot, ils signifient : manger, souper.
(2) Cuisine.
(3) Boire.
(4) Le diable.

Ce disant, il lança sa cravache sur une caisse et s'assit à table.

Ses hommes se tenaient toujours respectueusement debout.

— Eh bien! cria-t-il, ne m'a-t-on pas entendu? Du vin, cent mille tonnerres!

— C'est que le dernier tonneau que vous avez laissé à notre disposition est bu, balbutia Videpot.

— Et n'y en a-t-il plus dans la cave? Tiens, voici la clef. Surtout, montez une barrique d'Epineuil.

Videpot prit la clef qu'il lui tendait, et, suivi de Sacristain, muni d'une lumière, passa à l'autre extrémité de la salle, dans la galerie percée en face.

Là aussi l'ancien aqueduc avait été latéralement troué, et on avait creusé un souterrain d'une grande étendue, fermé par une porte si bien dissimulée qu'il eût été difficile de la trouver sans savoir qu'elle existait en ce lieu.

Dans ce souterrain, sur des ais, étaient rangées avec tout le soin voulu, et étiquetées à la craie blanche, plus de cinq cents pièces de vin. La cave, ni trop chaude, ni trop fraîche, point du tout humide, parfaitement aérée par des soupiraux, et sablée de sable fin, eût fait honneur ou envie au meilleur vigneron de la Bourgogne.

— Comme ça sent bon! quel baume! s'écria Videpot, dont les narines se dilatèrent, en pénétrant dans la cave. Et que tout ça va filer sur Paris! Par le *meg des megs* (1), ça nous en a coûté pourtant assez de mal à amener ici! Ça n'est pas un métier, vois-tu, Serrurier, que de *grinchir* (2) du vin! Il faut amener une voiture, des chevaux, faire du bruit, un bruit d'enfer! Et les congés à fabriquer.... N'importe! ça me fait mal au cœur, chaque fois qu'il vient, le père Jean; car, deux jours après, crac, toute ma cave est dégarnie. Elle s'en va *rincer le bec aux mufles, aux rails et aux curieux* (3).

— Allons, tu geindras demain; Monseigneur attend, tu sais qu'il n'est pas patient, repartit Serrurier.

— Tu as donc encore soif, toi? dit Sacristain en plantant un foret dans une pièce sur laquelle on lisait: *Epineuil*, 1834.

Il releva son outil, approcha du trou qu'il venait de faire une tasse d'argent, l'emplit, et bouchant l'ouverture avec un fausset :

— Goûte-moi ça, goute-moi! Ça vous en fait un velours sur l'estomac! dit-il à son compagnon.

En ce moment, une voix impérieuse arriva à leurs oreilles :

— Est-ce que ce sera pour aujourd'hui ou pour demain?

(1) Dieu.
(2) Voler.
(3) Aux bourgeois, aux mouchards, aux juges.

— Aujourd'hui et demain sont si voisins qu'on ne peut pas savoir, car il est aux environs de minuit et demi, marmotta Serrurier en riant d'un gros rire.

— Hâtons-nous, il va entrer en colère ! observa Sacristain.

Enlevant la pièce de dessus la charpente, ils se mirent à la rouler vers la porte de la cave.

Mais subitement le personnage appelé Monseigneur parut à l'entrée.

— Espèces de *clampins !* est-ce que vous ne pouvez lever ça à deux ? un méchand muids de deux cents litres ! Vous voulez donc troubler ce vin pour qu'on ne puisse pas le boire ?

Et sans plus d'explications, il saisit le tonneau par le bord des douves, et le transporta dans la salle avec la plus grande aisance.

Quoique habitués aux prodiges de sa force herculéenne, les bandits ne purent s'empêcher de l'acclamer.

— Vive Monseigneur ! vive Monseigneur !

— Ah ! ça, pourquoi coassez-vous comme des grenouilles dans un marécage ? leur dit-il, mais sans dissimuler la satisfaction que lui causaient ces applaudissements. Est-ce donc si malin ce que je fais là ?

Il posa la pièce à un bout de la table et dit à Videpot :

— Cale-moi ça et tire-nous à boire.

Puis, tandis que le sommelier de cet étrange seigneur remplissait des brocs, il se mit à dévorer avec appétit un cuissot de chevreuil rôti, que la mère Tourne-Broche avait déposé fumant devant lui.

Les brigands se replacèrent le long de la table à quelques pieds du maître, et burent en silence, mais en faisant, à chaque coup, claquer la langue contre leur palais.

— A nos comptes, père Jean, dit Monseigneur, après avoir apaisé sa faim.

— J'attendais votre bon plaisir.

— Voyons. On vous a expédié cette année, savoir :

« Deux cents pièces de vin, en moyenne à cent francs, ce qui fait vingt mille francs, plus cent cinquante livres d'objets, lampes, lustres, chandeliers, couverts, timbales en argent. Combien ont-ils produit ?

— Ah ! pas grand'chose, pas grand'chose, répondit le père Jean. Ils étaient pleins d'alliage, tous pleins. Cette argenterie d'église de village est très-inférieure, très-inférieure....

— Enfin, combien en avez-vous retiré ?

— A peu près soixante francs la livre, au lieu de soixante-quinze francs que donne d'ordinaire la bonne vaisselle d'argent, car...

— Et les trente-trois livres d'articles en or, comme ciboires, croix, cuillers, bagues, boites de montres, qu'ont-elles donné ? interrompit Monseigneur avec impatience.

— D'abord, répondit humblement le colporteur, je n'ai reçu que trente-deux livres quatre cent quatre-vingt-dix-sept grammes, et....

— Bien, bien, je ne vous chicanerai pas pour trois grammes. Qu'est-ce que ces trente-deux livres quatre cent quatre-vingt-dix-sept grammes ont rapporté ?

— C'était de l'or au troisième titre....

— Cent mille tonnerres ! je ne vous demande pas cela.

— Environ six cents francs la livre.

— Vous avez les fonds ?

— Oui, Monseigneur, repartit le père Petit-Jean, soulevant son bourgeron et défaisant une grosse ceinture de cuir, retenue autour de son corps par un cadenas secret.

— Donnez-moi cette ceinture, commanda le chef.

— Mais, Monseigneur, elle renferme aussi des valeurs à moi. Il y en a pour plusieurs milliers de francs, à moi appartenant.

— Coupe-Jarrets, apporte-moi sa ceinture, dit froidement Monseigneur.

Le père Petit-Jean voulut faire de l'opposition.

— Qu'on l'attache, reprit le capitaine.

Cet ordre fut aussitôt exécuté, malgré les efforts désespérés du vieillard pour y résister.

La ceinture fut remise à Monseigneur qui, d'une voix solennelle, dit :

— Le père Jean nous servait, depuis longues années, pour l'écoulement de nos produits. Nous avions confiance en lui, mais c'était un tort. Il *macaronait* (1), c'est un *raille* (2), j'en ai les preuves, car j'ai trouvé hier, près de Baon, son passe-port qu'il a égaré. Sur ce passeport, que voici, on lit cette note de la préfecture de police de la Seine :

« Recommandé spécialement à tous les agents de l'administration. »

Il nous a *mangés* (3). Cette nuit, nous avons manqué le *poupars* (4) du château de Tanlay, et perdu deux hommes. C'est le père Jean qui en est la cause. Il avait prévenu les *baudriers jaunes* (5). Hier soir, on l'a vu causer avec eux à Baon. Le père Jean mérite la mort. Je le condamne à être *branché* (6) tout de suite, à un arbre, afin que l'on croie à son suicide. Emmenez-le.

Et malgré les cris du malheureux, malgré des efforts surhumains pour échapper à ses bourreaux, il fut traîné hors du souterrain, vers un gros hêtre, dont les

(1) Trahissait.
(2) Mouchard.
(3) Dénoncés.
(4) Manquer un vol projeté.
(5) Les gendarmes.
(6) Pendu.

vastes rameaux ombrageaient le Puits des Romains.

Le jour commençait à poindre.

Le père Petit-Jean poussait des hurlements affreux. Son visage décomposé, livide, était horrible à voir. On lui mit une corde au cou. Deux hommes l'élevèrent à deux ou trois pieds en l'air, pendant qu'un troisième, Coupe-Jarrets, monté sur l'arbre, attachait la corde à une forte branche.

— Lâchez-le ! cria-t-il à son complice.

Aussitôt le corps frémissant du colporteur se balança dans l'espace.

Mais à ce moment, Coupe-Jarrets, qui avait rempli les fonctions de principal bourreau, s'écria, d'une voix altérée :

— Les *cognes !* j'aperçois les *cognes* (1) !

(1) Les gendarmes.

DEUXIÈME PARTIE

I

LES MENDIANTS.

La rue Byron est une toute petite rue, formant équerre, en haut de l'avenue des Champs-Élisées, près de l'Arc de triomphe de l'Étoile.

Dans l'angle rentrant de l'équerre, on remarquait, dernièrement encore, un hôtel fort retiré, fort mystérieux, bâti au fond d'un jardinet, dont la grille, peinte en noir, était intérieurement doublée de persiennes vertes mobiles, qui permettaient de voir ce qui se passait au dehors, tout en restant à l'abri des regards curieux.

L'hôtel avait deux entrées : la principale sur la rue Byron, prise dans la grille du jardin ; l'autre, une porte dérobée, connue des gens de service et des familiers de la maison seulement, sur la rue Neuve-de-l'Oratoire.

Le 20 septembre 1843, entre huit et neuf heures du matin, dix ou douze mendiants étaient étalés sur les deux bancs de pierre qui s'étendaient devant la grande porte de cette demeure. Il y avait là des boiteux, des manchots, un aveugle et une femme portant un enfant dans ses bras ; tous, les vêtements en guenilles ; tous, des figures hâves, chétives, annonçant une misère profonde ; tous, tenant à la main un vase ou une écuelle, qui en terre, qui en fer-blanc, qui en fonte, qui en verre.

— C'est tout de même une bien bonne personne que madame du Val, disait un estropié en frappant sa béquille contre le pavé.

— Si charitable !

— Et si pieuse...

— Ah ! si tous les riches étaient comme elle !

— On dit pourtant qu'elle ne fait le bien que par *montre*.

— Le bien par montre, père Bosco ? Faut-il répéter de pareilles calomnies ! Une jeune dame qui ne quitte pas les églises....

— C'est juste, c'est juste ; le père Bosco n'est jamais content, lui !

— Elle ne donne plus autant que dans le temps. C'était, au commencement de l'année, huit sous chaque matin, avec la poupoute, un morceau de pain et une rondelle de saucisson. On pouvait encore boire la goutte ou un demi-setier. Maintenant....

— Maintenant, reprit l'aveugle, on nous fait droguer à la porte pour avoir quoi ?... Une mauvaise soupe que mon chien y rebute le plus souvent dessus.

— Madame du Val a fait des pertes d'argent, dit la femme, en berçant son enfant, qui criait.

— Des pertes d'argent ! Est-ce qu'elle n'a pas toujours ses chevaux et sa voiture ?

— Et cet hôtel, qui vaut au moins deux cent mille balles ?

— Bah ! allons donc ! les riches, ça se plaint toujours.

— Tout de même qu'elle n'abandonne pas les malheureux.

— De la frime !

— Elle ne passe pas de jour sans aller à confesse et visiter les ouvriers, les hôpitaux...

— De la frime, que je vous dis, petite mère !

— Oh ! vous, dit la pauvresse, vous n'êtes jamais satisfait. Si vous étiez à la place de madame du Val, je voudrais bien savoir si vous en feriez autant.

— C'est ce qu'on verrait, dit le bossu en riant. Après tout, elle nous la fait bien payer, sa pâtée. Aujourd'hui, elle nous envoie en course, demain faut rentrer son bois ; un autre jour, sarcler son jardin ou frotter ses appartements, ou laver ses carreaux, et tout ça pour le roi de Prusse. D'abord, moi, c'est la dernière fois que je reviens ici.

— Je crois que c'est un feurluquet qui nous l'a gâtée, dit un boiteux.

— Qué feurluquet ?

— Oh ! vous direz que je suis une mauvaise langue.

— Conte-nous ça, l'invalo.

— C'est pas malin, *la* du Val reçoit, tous les jours, un jeune homme....

— Peut-être bien son fils, fit la mendiante, en tendant à son marmot, qui piaillait, un sein desséché.

— Son fils ! des bêtises ! repartit l'autre en haussant les épaules.

— Après ça, ne peut-elle avoir des affaires comme nous ? dit un vieillard.

— Des affaires! ah! ah! oui... des affaires de cœur!

— Mais c'est une horreur que vous dites là!

— Laissez donc! on ne reçoit pas un jeune homme, à neuf heures du matin, pour des prunes. Et un beau jeune homme, encore! qui vous reste jusqu'à midi avec elle.

— D'où sais-tu cela?

— Parce que j'ai vu, avec le père Bosco, dit la boiteuse d'un ton important. Il entre chaque jour par la rue Neuve-de-l'Oratoire.

— Chaque jour?

— Oui, à neuf heures du matin, juste comme une horloge, et il en ressort aux premiers coups de midi. Demandez au père Bosco. Nous l'avons guetté, ce muscadin, pas une fois, mais dix.

— Il y a donc une porte sur la rue Neuve-de-l'Oratoire?

— S'il y en a une? Eh! je crois bien. *La* du Val passe aussi, elle, plus souvent par là qu'à son tour.

Et le mendiant se mit à rire.

— Pour le croire, je voudrais le voir, dit la femme, en hochant la tête.

— Voici neuf heures qui sonnent, va te poster au coin de la rue Byron, la mère. Avant cinq minutes, tes yeux te diront que je n'ai pas menti.

En ce moment une clochette tinta à l'intérieur de l'hôtel.

— La *quine!* (1) la quine! s'écrièrent tous les misérables, se levant et se pressant contre la porte.

— Veux-tu bien ne pas me bousculer comme ça, vilain manchot, vociférait un boiteux.

— Place aux dames! fit un vieillard en écartant les hommes pour faire avancer la femme.

Cet acte de galanterie souleva des murmures.

— Elle aura son tour comme les autres, celle-là!

— Tiens, on lui donne toujours la meilleure portion. Hier, je n'ai eu que le fond de la marmite.

— Au fond les bons!

— Va-t'en voir! c'était du régrenon qui puait le brûlé....

— Allons! finiras-tu bientôt de me pousser comme ça? Si je t'allonge un coup de béquille!

— Encore un peu et je te poche les yeux!

— On est ici foulé comme des harengs dans une tonne.

— Eh! qué mal....

— Silence! le second coup sonne.

— Je m'en fiche pas mal! Il me plante sa gamelle sous le nez, ce brigand-là. Crois-tu qu'elle sente si bon ta gamelle?

— Voulez-vous pas faire tant de bruit!

(1) La soupe.

— Je vous dis que je m'en moque comme de l'an quarante. J'étais ici le premier, je dois être servi le premier.

— On va nous renvoyer.

— Et puis après? Si on nous renvoie, je fais du boucan, moi!

— Chut! vous vous disputerez tantôt. Voici la porte qui s'ouvre.

Le tumulte cessa comme par enchantement; les mendiants, l'air humble, contrit, se découvrirent et s'inclinèrent avec les signes du plus profond respect, devant un homme vêtu de noir, qui paraissait dans l'entre-bâillement de la porte, suivi de deux gamins en tablier blanc, veste ronde et calotte de velours noir, portant par ses anses une vaste marmite fumante dans laquelle était plongée une louche en fer battu. Ces enfants étaient des aides-cuisiniers, mais sans leur tablier, on eût pu les prendre pour des enfants de chœur endimanchés.

L'homme noir tira un calepin de sa poche et appela :

— Le numéro un?

Personne ne répondit.

— Le numéro un? répéta-t-il.

— Il est malade, monsieur l'intendant, répondit un des auditeurs.

— Ah! fit M. l'intendant; on lui portera sa pitance.

— Le numéro deux?

— Présent, dit la mendiante en s'approchant, un petit saladier ébréché à la main.

— Pour deux, dit l'intendant aux aides de cuisine, qui remplirent aussitôt le saladier d'une soupe grasse, appétissante.

La femme se retira, se rassit sur le banc et se mit à manger avec une voracité qui témoignait éloquemment de sa faim, pendant que l'intendant continuait l'appel.

Quand il eut terminé, le boiteux lui dit, d'un ton insolent :

— Ah! çà, et le saucisson? c'est donc fini, n, i, ni?

— Est-ce que vous n'êtes pas satisfait?

— Et les huit sous?

— Nous ne pouvons plus les donner, dit l'intendant en refermant la porte.

— Alors, zut! je ne reviens plus à c'te cassine! lui cria le misérable, en lançant son écuelle contre la porte, où elle se brisa en vingt morceaux.

— Tu es fou! lui dit le bossu, se précipitant pour recueillir le pain, qui s'était collé contre le panneau inférieur.

Un autre affamé fit mieux : il s'étendit à terre et se mit à laper, comme un chien, le bouillon coulant sur l'asphalte du trottoir.

— Fou! ouais! va-t'en voir s'ils viennent! siffla le

Surtout ne le manque pas ou je te casse la tête. — Page 42.

boiteux. Mais je dirai ce que je sais. On rira... Et voici justement mon muscadin qui déboule par la rue Fortunée. Arrgardez-le un peu !... Vous en a-t-il une fière dégaine !

II

MADAME DU VAL.

A l'exception du boiteux, tous les mendiants étaient assis sur les deux bancs, de chaque côté de la porte. Ils cessèrent aussitôt de manger et leurs yeux se portèrent vers l'extrémité de la rue Byron.

Un jeune homme de tournure et de mine aristocratique, un lion du boulevard de Gand, comme on disait à cette époque, arrivait en fredonnant un air d'opéra.

Il portait un élégant costume du matin ; c'est dire qu'il était supérieurement cravaté, ganté et chaussé.

A la boutonnière de son paletot se montrait une décoration d'ordre étranger.

Sa main droite jouait avec un jonc léger à pomme d'or, enrichie de diamants ; la gauche était occupée à tortiller sa moustache.

Les pauvres se levèrent à son approche et s'empressèrent, quoique respectueusement autour de lui.

— La charité, s'il vous plaît, mon bon monsieur !

— Un petit sou, pour un aveugle qui n'y voit rien !

— Donnez-moi quelque chose ; Dieu vous le rendra, âme charitable !

— Je prie pour vous et pour votre dame, mon cher monsieur.

— Une mère de famille, sept enfants, un mari impotent...

— Monsieur, n'oubliez pas les protégés de la bienfaisante madame du Val, la Providence du quartier, la mère de tous les malheureux, nasillait le boiteux, traînant la jambe et s'appuyant sur sa béquille.

Et il tendit pitoyablement son chapeau, dans lequel le jeune homme jeta, avec une négligence étudiée, quelque menue monnaie.

— Partagez-vous cela ! dit-il, en sonnant à la porte.

— Monsieur, mon petit monsieur, je n'ai rien, moi, rien ! une mère de sept enfants et un mari impotent ! glapit la femme, en le tirant par la manche de son paletot.

Mais la porte s'ouvrit et se referma aussitôt sur le jeune homme.

— Le chien ! le chien ! marmottait le boiteux, quarante centimes ! C'est se moquer du peuple ! Pas moyen de boire même un litre !

— Il a dit de partager, fit un manchot.

— Partager ! Plus souvent ! riposta l'autre en plongeant les sous dans la poche de son pantalon.

Et, malgré sa claudication, il partit à toutes jambes, avec une célérité qui aurait fait honneur à un coureur de profession.

En entrant, le visiteur avait dit au concierge, grave personnage habillé de noir de la tête aux pieds, et qui tenait un gros missel à la main :

— Madame du Val, ma tante, est chez elle, n'est-ce pas ?

— Oui, monsieur le vicomte. Elle arrive de la messe basse.

Le vicomte traversa le jardin, — un jardin charmant, aux allées rectilignes, parfaitement sablées, entretenues avec un soin extrême, et monta le perron d'une belle habitation à deux étages, simple d'apparence, et dont la façade grisâtre, les persiennes de même couleur, mais d'une propreté exquise, captivaient doucement le regard.

Il ouvrit familièrement la porte d'entrée, au-dessus du perron ; une sonnette au timbre doux, argentin, véritable sonnette d'église, s'agita et une femme d'un âge mûr, vêtue d'une robe brune, traînante, avec un bonnet blanc à ruche, sur la tête ; une pèlerine blanche comme celle d'une religieuse converse, sur les épaules, parut dans le vestibule.

Elle avait les traits secs, le regard voilé, la figure blanchâtre, crayeuse, la démarche incertaine des personnes vouées à la vie conventuelle.

Un trousseau de clefs pendait par une chaîne d'argent à sa ceinture. Elle ressemblait assez à la sœur-tourière d'un monastère.

— Ah ! c'est monsieur le vicomte ! dit-elle d'un ton doucereux ; je vais avertir Madame.

— Dépêchez-vous. Je suis horriblement pressé, grasseya le jeune homme, en vergettant son pantalon de sa badine.

Rien de remarquable dans ce vestibule, sinon une grande statue de la Vierge, couverte d'une robe blanche de satin, à lamelles d'argent, et couronnées de fleurs d'oranger naturelles. Un papier bleu-pâle tapissait les murs, entourés de banquettes de velours également bleu. Une lampe en verre dépoli était appendue au plafond. Sur une table de chêne sculptée, dans le goût du treizième siècle, on voyait un *Livre d'Heures*. Tout, dans ce vestibule, jusqu'à l'air qu'on y respirait, paraissait disposé pour imprimer la conviction qu'on était dans une maison pieuse, où le culte du spirituel était plus en faveur que le culte du temporel. Nul bruit, nul son, n'y frappait les oreilles. C'était le calme, la paix du cloître.

Madame recevra monsieur le vicomte, dit tout à coup la femme en brun, qui était rentrée sans être entendue du jeune homme, tout occupé à regarder dans le jardin par une fenêtre.

— Bon, je monte, dit-il, en poussant une porte qui donnait sur un escalier entièrement caché par un épais et moelleux tapis de Perse.

La femme en brun le suivit. Elle s'arrêta sur le palier du premier étage ; elle écarta une portière et annonça :

— M. le vicomte de Longpré.

Et le vicomte de Longpré fut introduit dans une petite pièce tendue de soie bleue, avec des baguettes d'ébène, de distance en distance, pour assujétir l'étoffe, rehaussée de crépines d'argent, dont l'effet était singulier.

Une lumière discrète pénétrait par d'épais rideaux de satin, à demi tirés, dans cette pièce, ornée de plusieurs madones, en marbre, posées sur des corniches, d'une petite bibliothèque remplie d'œuvres ascétiques, élégamment reliées ; de quelques fauteuils, en satin bleu, et enfin d'un prie-Dieu, placé au-dessous d'un beau Christ en ivoire, sur fond de velours noir, — un chef-d'œuvre de Bouchardon.

Une femme était agenouillée au pied de ce crucifix.

— Bonjour, belle tante ; je dépose à vos genoux tous les hommages de mon cœur, dit le vicomte en se dandinant d'une façon cavalière.

— Hector, souffla-t-elle avec un regard de côté et un geste de la main, laissez-moi, je vous prie, achever ma prière.

— Votre prière ! ta prière ! oh ! la bonne charge ! fit-il en haussant les épaules et s'approchant de la croisée, contre laquelle il se mit à tambouriner avec ses doigts.

— Pardonnez-lui, mon Dieu, car il ne sait ce qu'il fait ! prononça-t-elle assez haut pour que Hector l'entendît.

— Bon, tu vas voir si je ne sais pas ce que je fais, repartit-il, en revenant vers elle, toujours prosternée, et la baisant au front.

Puis, il ajouta d'un ton moitié tendre, moitié railleur :

— Dites encore que je ne sais pas ce que je fais, Olympe !

— Je dis que vous êtes un impie et un monstre ! répondit Olympe en se levant. Vous ne me laisserez même pas finir mes dévotions. C'est mal ça, Hector, très-mal ! Vous m'avez perdue ici-bas, vous voulez me perdre là-haut ! Ah ! je suis bien coupable ! continua-t-elle, les regards abaissés avec componction vers le parquet.

— Toujours des doléances ! s'écria Hector, se jetant sur un fauteuil.

— Oui, car vous cherchez à me compromettre.

— Moi ! et comment, je vous prie ?

— Aujourd'hui encore, vous arrivez par la porte-cochère !...

— C'est, ma très-chère et très-bonne Olympe, parce que vos quêteurs, que le diable les emporte...

— Pour l'amour du ciel, ne blasphémez pas !

— Pour l'amour de vous, oui ; du ciel, ça me serait égal...

— Oh ! l'athée ! il tarira la source de mes larmes...

— Je disais donc que vos quêteurs m'épient ; je m'en suis aperçu hier. Quelle idée aussi de réunir ces canailles devant chez vous !

— Ce sont de bonnes gens dans la misère, n'en parlez pas mal. Le bien que je leur fais est une expiation...

— Expiation ! le mot est joli, joli ! en vérité, c'est du dernier joli ! ricana le vicomte affectant de grasseyer et se renversant dans son fauteuil.

— Oui, dit-elle d'un ton sombre, je voudrais expier..

L'hilarité d'Hector redoubla.

— Expier, en ayant pour amant un chef de bandits ! s'écria-t-il. Ah ! parfait ! parfait ! Il n'y a que vous au monde, Olympe, pour avoir de ces tocades-là.

Et le jeune homme couronna sa phrase par de nouveaux éclats de rire.

Madame Olympe, qui se tenait debout, les bras croisés sur la poitrine, l'enveloppa dans un regard irrité, presque haineux.

C'était une grande femme, sèche, à la physionomie mobile, dont les traits ordinairement placides et même enfantins s'altéraient, se décomposaient, se convulsionnaient d'une manière effrayante à la moindre contradiction.

Elle avait la tête ronde, petite, les tempes étroites, fuyantes, polies comme le marbre ; les cheveux maigres, d'un rouge ardent. Brune et très-miroitante, la prunelle de ses yeux vaguait curieusement dans leur orbite frangée de cils blonds et surmontés par des sourcils de même nuance, peu fournis, mais qui, en se rassemblant, quand une passion violente dominait Olympe, formaient deux bourrelets, très-apparents sur son front court, luisant, et quelque peu enluminé comme ses joues. Son nez fort, busqué, pareil au bec d'un oiseau de proie, commandait, de toute sa majesté, une bouche assez délicate, fraîche et rosée, posée malheureusement sur un menton osseux, rentrant, à angle aigu ; ce qui donnait à la coupe du visage une certaine ressemblance avec le museau de la fouine.

Le reste du corps était en harmonie parfaite avec ce masque. Le col rappelait forcément celui de la grue. Les épaules effacées, tombantes, la taille grêle ; l'absence des hanches faisaient le désespoir des couturières. Les bras, les mains, les doigts étaient longs ; les ongles aussi. J'en dirai autant du pied, sur lequel s'attachait une jambe grosse, lourde, vulgaire, tout d'une venue. Malgré ce défaut, Olympe avait la manie des chaussures décolletées et des robes à la pensionnaire. Du reste, et j'en demande bien pardon à ses prétentions à l'élégance, elle ne savait pas s'habiller.

— Disons, pour compléter ce portrait, qu'Olympe avait alors trente-cinq ans, et qu'elle portait ce matin-là, un peignoir de cachemire carmélite, sur lequel se balançait un magnifique rosaire en pierreries, terminé par une croix de diamants de la plus belle eau.

Elle se faisait appeler madame Olympe du Val.

— Vous êtes fou, Hector, dit-elle amèrement après un moment de silence. Ne pourriez-vous au moins parler plus bas ?...

III

L'ENTRETIEN.

— Oui, ma reine ; oui, mon ange ; dit Hector, l'enlevant dans ses bras et la portant, comme il eût fait d'un enfant, dans une chambre attenante au petit salon.

Dans cette pièce, aux tentures de velours violet, éclairée par un demi-jour aussi mystérieux que voluptueux, on retrouvait encore de nombreux symboles d'une aristocratique dévotion.

Un tiède et énervant parfum d'encens s'y faisait même sentir.

Malgré son luxe, l'ameublement était sévère. Le sujet de la pendule, en onyx, était un Christ portant la croix ; et, entre les doubles rideaux du lit, on distinguait, pendue à la draperie de la ruelle, une admirable copie de la Vierge à la Chaise. Au-dessous, un bénitier en cristal de roche, dans lequel baignaient quelques rameaux de buis.

Dans cette chambre aussi, vous retrouviez un prie-

Dieu, devant une châsse richement parée et renfermant, avec l'effigie, quelques précieuses reliques de sainte Olympe, morte en 410, avant Jésus-Christ, comme l'annonçait une inscription, en lettres gothiques, gravée au bas de la châsse.

Hector déposa la jeune femme sur un canapé, lui baisa la main d'une façon tout à fait tendre et dit, en se couchant sur le tapis et à ses pieds :

— Maintenant, mon amour, je vous écoute. Mais surtout ne laisse pas tomber tes beaux yeux sur moi, car je n'entendrais plus rien...

— Flatteur! flatteur, va! fit Olympe en le caressant de la main.

Et, après une pause :

— Mon ami, fermez la porte, puis vous prendrez un fauteuil, car nous avons à parler de choses sérieuses... très-sérieuses. Il s'agit de votre avenir, Hector, ajouta-t-elle en soupirant.

Le jeune homme se leva, poussa un verrou, revint se placer auprès de la jeune femme et voulut lui glisser un bras autour de la taille.

— Non! non! s'écria-t-elle en reculant. Asseyez-vous vis-à-vis de moi...

— Rien qu'un baiser!

— Je vous le refuse...

— Olympe!

— Quand nous aurons fini... si je suis satisfaite de vous.

— Madame, votre féal chevalier est à vos ordres, dit Hector en s'établissant dans un fauteuil, sans plus insister.

Olympe commença ainsi, en fermant à demi les yeux et en jouant avec les grains de son chapelet :

— Vous savez, Hector, que vous me devez tout...

Le jeune homme fit la grimace.

— Oui, continua-t-elle sans remarquer ce mouvement ou vouloir le remarquer, vous me devez votre position...

— Chef de brigands! allez, ma chère! dit-il en croisant les jambes l'une sur l'autre.

Madame du Val continua :

— Vous étiez simple clerc chez un huissier...

— Je vous l'accorde.

— Je vous ai fait vicomte...

— De par votre bon plaisir. N'importe! authentique ou non, mon titre est reconnu dans un certain monde. Mes Francs-Bûcherons ne m'appellent même jamais que « Monseigneur! »

Et il partit d'un éclat de rire.

— Voulez-vous m'écouter, Hector? reprit-elle en frappant du pied avec impatience.

— Belle dame, je n'ai d'oreilles que pour vous.

— Non contente de vous faire un nom, je vous ai monté une maison princière, et lancé dans la meilleure société de Paris.

— Je le reconnais. Après? dit Hector avec un sourire légèrement ironique.

— De vrai, vous m'avez comprise. Vous avez suivi mes conseils, et jusqu'ici, sauf votre impiété flagrante...

— Ah! ma chère, nous sommes seuls; pas d'hypocrisie.

La jeune femme bondit et fronça les sourcils.

— Hypocrite, qui appelez-vous hypocrite? s'écria-t-elle d'un ton aigu. L'hypocrite c'est vous, Hector... car vous avez une maîtresse.

— Sans doute, fit-il, avec un regard caressant, j'ai une maîtresse, Olympe, et vous la connaissez bien, méchante! vous seule...

Ces paroles semblèrent la radoucir, elle reprit en l'enveloppant d'un regard audacieux :

— Enfin, mon ami, comme malgré les apparences nous n'étions riches ni l'un ni l'autre, je vous ai mis en rapport avec des gens...

— De la *haute pègre* (1), dit-il en riant.

— Je vous prie de ne pas m'interrompre.

— Mais je viens à votre secours, ma mignonne. Est-ce que sans moi vos lèvres si pures, si chastes, auraient osé proférer un mot...

— Taisez-vous!

—Je suis muet comme une tanche. Me permettez-vous d'allumer un cigare?

— Chez moi! dans ma chambre à coucher! à cette heure! Hector, vous êtes d'une inconvenance!...

— C'est vrai, fit-il avec un geste significatif; le fait est qu'à cette heure... un homme qui fume chez une pseudo-sainte...

— Vous m'insultez, monsieur! s'écria la jeune femme, dont les traits s'empreignirent tout à coup d'un air dur, méchant, presque féroce.

— Oh! Olympe! mon Olympe! peux-tu le penser? câlina le vicomte en se laissant couler aux genoux de madame du Val.

— Ah! mon Dieu! mon Dieu! qu'il me fait de mal! De quelles tortures le Seigneur m'afflige... Vous êtes mon bourreau, Hector!

— Voyons, voyons, calme-toi; calme-toi!... Tu sais bien que je t'aime... que toi seule m'es chère au monde... qu'un lien indissoluble nous unit...

— Oui, le lien du crime! dit-elle avec terreur, plongeant sa tête entre ses mains, et se prenant à pleurer.

— Allons, sèche ces larmes, ma belle, ma bonne Olympe. Tiens, je retourne à ma place. Ton Hector sera sage...

— Le Ciel m'est témoin que je ne veux que votre bonheur! s'exclama-t-elle à travers ses sanglots.

— Et moi aussi! repartit le vicomte avec un accent

(1) L'aristocratie des voleurs.

si emphatique, qu'on y pouvait discerner une teinte de persiflage.

— Enfin, dit Olympe, essuyant brusquement ses yeux, et comme si elle avait pris une détermination soudaine, j'arrive au fait. Quand vous l'avez pu, Hector, vous m'avez aidée. Mais depuis l'affaire de la forêt de Maulnes...

— Ne vous ai-je pas envoyé vingt mille francs, c'est-à-dire plus de la moitié de ce que renfermait la ceinture du père Petit-Jean?

L'introduction de ce nom dans leur entretien parut affecter péniblement madame du Val. Pour dissimuler son émotion, elle porta à son visage le mouchoir de fine batiste qu'elle avait à la main.

— Cet argent, disait-elle, était dû... depuis longtemps. Et j'en dois bien d'autres... Sans les secours de Sa Grandeur Monseigneur...

— Passons. Il vous faut de nouvelles sommes, je n'en ai pas. Si vous ne m'aviez fait mander, je serais même venu pour vous emprunter vingt-cinq louis que j'ai perdus hier soir, au jeu.

— Je puis encore vous les donner, Hector. Mais je sais un moyen de gagner promptement une grande fortune.

— Vraiment! dit le vicomte, dont les regards s'allumèrent.

— Êtes-vous sûr, bien sûr que le père... Petit-Jean soit...

La voix de madame du Val tremblait.

— Qu'il soit mort? s'écria de Longpré.

— Oui? interrogea-t-elle encore par un geste de la tête.

— J'en suis certain. C'est Coupe-Jarrets qui l'a expédié chez le *boulanger*.

— Ne prononcez donc pas de pareils noms chez moi, je vous en conjure. Enfin, le père Petit-Jean est bien...

— Mort et enterré... La preuve, c'est que sa boutique de la rue du Petit-Moine est fermée depuis qu'il a été pendu haut et court par mon fidèle valet de chambre actuel, Coupe...

— Alors, mon cher, interrompit vivement Olympe, si vous êtes habile, votre fortune est faite. Il en coûte à mon cœur, mais je vous aime tant, Hector, quoique vous soyez un ingrat...

— Pourquoi ces reproches? Oh! tu es mauvaise! fit-il, en venant se rouler encore à ses pieds et appuyant mollement sa tête contre la jeune femme.

— Tu m'aimes donc un peu aussi? minauda-t-elle après avoir effleuré son front d'un baiser.

— Si je t'aime? elle demande si je l'aime! mais qui donc ne t'aimerait pas? N'es-tu pas belle à damner tous les saints du paradis...

— Fi! l'horreur! dit Olympe en lui fermant la bouche avec la main.

Puis, se penchant à son oreille, elle ajouta bien bas :

— Écoute; si tu m'obéis aveuglément, avant un an, dans six mois peut-être, nous serons millionnaires..... Millionnaires, entends-tu? Et cela sans crime! sans verser de sang! une péronnelle seulement à enlever...

— Que dis-tu là, Olympe?

— Voici. Tu m'avais adressé, pour les examiner, des papiers trouvés dans la ceinture de..... cet homme.....

— Le père Petit-Jean.

— Sais-tu ce que sont ces papiers? Un état de comptes prouvant que... cet homme...

— Le père Petit-Jean.

— A déposé chez maître Morlot, notaire, rue Saint-Honoré, 139, à Paris, en actions, obligations et titres de diverses natures, une somme de dix-huit cent mille francs.

— Tu dis? s'écria le vicomte étourdi par ce chiffre.

— Je dis dix-huit cent mille francs!

— Dix-huit cent mille francs! le père Petit-Jean! fit Hector avec un soupir.

— Oui, mon cher, dix-huit cent mille francs, et qui se trouvent encore chez ledit maître Morlot, notaire, rue Saint-Honoré, 139, à Paris, repartit madame du Val avec une lenteur affectée et en pesant sur chacune des syllabes. Dix-huit cent mille francs!

— Je savais bien que le vieux coquin nous volait; mais dix-huit cent mille francs! ma foi, je n'en reviens pas. Ah! tu te joues de moi, Olympe?

— Monsieur le vicomte de Longpré, dit-elle, avec une solennité équivoque, apprenez que je ne mens jamais! J'ai pris des informations et puis aujourd'hui vous assurer que les fonds ou leurs représentatives sont entre les mains de maître Morlot. Maintenant, vous serait-il agréable de les gagner?

— Belle question!

IV

COMPLOT.

— Non, il n'y a personne dans ton *oritoire*, comme tu dis, répondit le vicomte, en revenant s'asseoir vis-à-vis de la jeune femme. Qui diantre, d'ailleurs, veux-tu qui nous guette? Pour tes gens, pour tout le monde, ne suis-je pas ton neveu, un mauvais sujet, un polisson de neveu, que tu sermones sans cesse, quoique sans profit; et toi, madame du Val, n'es-tu pas la meilleure des tantes, la plus sage des femmes?

— Hector, un mot de plus, et je garde mon secret. Votre fatuité, votre outrecuidance sont révoltantes, à la fin. Je vous le dis, vous me ferez mourir de douleur.

— Je ne m'en consolerais jamais ! lâcha-t-il imprudemment.

Olympe se dressa debout, tout d'une pièce, comme mue par un ressort.

— Misérable ! proféra-t-elle sourdement. Oublies-tu donc ce que tu as été, ce que tu es ; ce que je voudrais encore faire de toi !

— Pardieu ! s'écria-t-il, prenant plaisir à souffler sur ce feu de colère ; pardieu ! criminel ai été, suis, serai ! monseigneur le prince de la haute et basse pègre départementale de notre beau pays de France, pour vous servir, poursuivit-il d'un ton narquois.

Olympe fit un puissant effort pour refouler son ressentiment, et dit en s'asseyant :

— Tenez, Hector, vous ne serez jamais sérieux.

— C'est ma plus chère espérance.

— Vous ne voulez plus parler de notre affaire !

— Que si ! que si !

— Allons, déroule-moi ce plan. Je suis sûr que c'est un chef-d'œuvre. Tu as du génie, toi, pour combiner les grandes spéculations. Nous disons donc que le père Petit-Jean avait laissé un héritage de...

— Dix-huit cent mille francs, mon cher.

— Dix-huit cent mille francs ? un *biffin*, c'est insensé. Et penser qu'il avait volé tout cela avec son air colas, le vieux grigou, et qu'il est mort sans jamais avoir mis le *pied sur le pré.*

— Vous êtes bien décidé à suivre mes avis ?

— De point en point.

— Eh bien, mon bon, il faut, pour remporter cette victoire, conquérir le cœur d'une jeune fille.

— D'une jeune fille ?

— De seize ans... Oui, elle doit avoir maintenant seize ans, dit madame du Val avec un soupir, qui échappa à son interlocuteur.

— Une jeune fille de seize ans... Conquérir son cœur... Que me chantez-vous là, Olympe ? Vous voulez m'éprouver ?

— Oui et non. Écoutez-moi, avec toute votre attention. Le père... Petit-Jean laisse une fille...

— Ah ! bast ! Je le croyais célibataire ! Voyez-vous ça, le sournois !

— Oui, il laisse une fille.

— Fille légitime ?

— Oui, tout ce qu'il y a de plus légitime.

— Mais sa femme ?

— Oh ! balbutia madame du Val, portant son mouchoir à sa figure ; sa femme est... morte... depuis longtemps.

— Mais cette petite fille ?

— Il faut l'épouser, car elle est unique héritière, répondit Olympe, en fixant un regard perçant sur le vicomte de Longpré.

— Et vous me proposez ?... dit froidement celui-ci.

— D'être son bienheureux époux !

— Jamais ! repartit-il en haussant les épaules.

Après un instant de silence, de Longpré reprit :

— Mauvaise, va ! M'avoir tendu un piége !

— Un piége ? mais ce n'est pas un piége, Hector. Et j'y reviens. Nous ferons l'affaire. Tu épouseras cette fille. En dot, elle t'apportera les dix-huit cent mille francs, plus peut-être, car son père devait avoir d'autres propriétés, et ensuite...

Olympe baissa les yeux.

— On la fera disparaître ! s'écria le vicomte, avec un mouvement significatif.

Madame du Val ne répondit pas.

— Mais elle n'est point majeure ? dit de Longpré, après un moment de réflexion.

— On l'émancipera. Sois tranquille, nous arrangerons cela.

— C'est juste ; je suis bête, moi ! Il ne s'agit donc plus que de l'épouser ?

— Cela, c'est ton affaire. La petite est en pension à Châtillon-sur-Seine, chez une demoiselle B...

— A Châtillon-sur-Seine, c'est donc ça que le père Petit-Jean y faisait toujours des courses... je comprends.

Tu partiras aujourd'hui même. J'avais cinq mille francs en réserve. Tu les emporteras. Essaie, à ton arrivée, de voir la péronnelle. Fais-toi aimer. Ce ne sera pas difficile. Enlève-là, et... mariez-vous, ajouta-t-elle avec un effort douloureux. Mais je serai à vos noces ; et n'oublie pas, Hector, que ta femme ne doit jamais être ta femme.

— Je te jure, Olympe !...

— Pas de serment, je les déteste. Ah ! Hector, j'y pense ; pendant votre voyage vous irez chez cet homme qui m'a vendu mon beau crucifix.

— Le Sanguier de Villon ?

— Il a, m'avez-vous dit, d'autres antiques, vous tâcherez de me les acheter. Pas de vol ; songez que la moindre imprudence !...

V

LE VICOMTE HECTOR DE LONGPRÉ.

— Cette chère créature, sait-elle que son père est défunt ?

A cette question, madame du Val se troubla. Après une pause de quelques secondes, elle répondit en balbutiant :

— Ce n'est pas probable, puisque le notaire l'ignore... Il le croit en voyage.

— Alors, je partirai, aujourd'hui.

— Il n'y a pas un moment à perdre.

— Mais j'y songe. Elle doit avoir un tuteur, cette enfant?

— Le notaire, sans doute.

— Le père Petit-Jean était donc sans parents?

— Je crois, repartit négligemment madame du Val, qu'il avait un frère.

— Et ce frère?

— Je ne sais vraiment ce qu'il est devenu.

— Vous connaissez diantrement bien la famille; eh! eh! ma chère, fit de Longpré, d'un air curieux.

Olympe tressaillit et détourna la tête.

— Je vous ai déjà dit que c'était mon secret.

— N'en parlons plus. Donnez-moi les cinq mille francs, et ma bien-aimée, je vous embrasse...

— Vous m'écrirez chaque jour, n'est-ce pas?

— Sans nul doute, dit le vicomte d'un ton léger.

— Et me tiendrez au courant des progrès...

— Comment se nomme votre protégée?

— Aurélie! fit Olympe, affectant une gaieté qui était loin de son cœur.

— A propos, vous vous chargerez de la corbeille de noces, dit le vicomte en empochant prestement un petit portefeuille que lui tendait madame du Val.

— Au revoir, Hector, à bientôt?

— Le plus tôt possible!

— N'oubliez pas mes recommandations.

— Soyez sans inquiétude, répondit le jeune homme en laissant retomber sur lui la portière de la chambre à coucher.

— Comme il s'en est allé froidement: ne m'avoir pas donné le baiser d'adieu! pensa madame du Val, dès que le vicomte fut parti. S'il me trahissait! Si cette jeune fille... ma fille... — et le visage d'Olympe s'assombrit, — le séduisait... s'il m'abandonnait... Si... Mais je suis folle! Me trahir! M'abandonner! L'oserait-il? Le pourrait-il? Ne sommes-nous pas rivés à la même chaîne, — celle du crime. Est-ce que je ne tiens pas sa tête entre mes mains?... D'ailleurs, il m'aime... Quelque jour, une alliance légitime... car je suis libre à présent... Une fois riche, je ferai tant d'aumônes, tant de bien autour de moi que le Seigneur me pardonnera mes fautes... Je me confesserai, je me repentirai.. Oh! oui, je me repentirai bien sincèrement! fallût-il aller pieds nus jusqu'à Rome implorer la miséricorde infinie de Notre Saint-Père, — je m'y conformerai... Jusqu'à présent je me suis tu; j'ai caché ma vie, ma conduite, au directeur de ma conscience... Ma conscience!...

Et madame du Val frisonna. Elle passa la main sur son front, promena dans l'appartement un regard épouvanté. Puis elle se leva tout d'une pièce, en criant à haute voix comme pour chasser une image obsédante:

— L'absolution, c'est un nouveau baptême, c'est une purification!

Tandis que la raison et la religiosité de la jeune femme se livraient un combat acharné dans son esprit, Hector de Longpré avait pris une voiture de remise, et jeté ces mots au cocher:

— Rue du Cherche-Midi.

Lui aussi se livrait à de profondes réflexions sur son passé, sur son avenir.

— Pardieu! se disait-il, en fumant un Havane, je suis décidément le Benjamin de la fortune. Parti de rien, fils de l'inconnu, élevé par la charité publique; à dix ans, commissionnaire chez un épicier dont la femme eut la bonté de m'apprendre à lire et à écrire; entré comme clerc dans l'étude d'un huissier, je ne sais trop comment; remarqué par la maîtresse d'un de nos clients; passé, grâce à ma vigueur physique et à mon adresse, chef d'une bande qui faisait des affaires excellentes, je me vois au moment où tout allait me manquer; mes compagnons incarcérés ou en fuite; ma bourse vide; et ne possédant plus qu'une vieille maîtresse, grincheuse, embêtante comme la pluie; je me vois, tout d'un coup, redevenu le favori de la meilleure des déesses! Enlever cette petite, une misère! l'épouser, une misère encore! Le vicomte Hector de Longpré n'est point embarrassé pour si peu. Mais ce qui ne laissera pas de présenter quelques difficultés, c'est cette enragée d'Olympe! Elle s'attend tout naturellement à avoir sa part au gâteau... Le plus souvent que je partagerai avec elle! J'en ai, Dieu merci, par dessus les épaules. Elle est laide comme une chenille, méchante comme une vipère, c'est tout dire... Drôle de créature, tout de même, avec ses momeries! En a-t-elle du vice! en a-t-elle! Et s'imaginer qu'elle s'en ira tout droit au paradis... Ah! je parierais bien qu'il n'y a pas au bagne, un monstre plus monstrueux qu'elle!... Je ne vaux pas grand'chose, moi, qui ai fait entre autres peccadilles, pendre le père Petit-Jean pour lui voler sa fameuse ceinture; mais je m'estime certainement plus qu'Olympe. Quelle rouée! Je donnerais beaucoup pour savoir comment elle a connu ce pauvre Petit-Jean, et comment elle savait que sa ceinture renfermait ces pièces... car c'est elle qui m'a poussé à...

— Bourgeois, nous sommes dans la rue du Cherche-Midi. Quel numéro? demanda le cocher, en frappant à la glace de la voiture.

— Ah! C'est bon. Je descends.

Hector mit pied à terre, paya généreusement la course et s'avança le long de la rue du Cherche-Midi.

Vers l'extrémité de cette rue, il ouvrit, avec un passe-partout, la petite porte d'une maison située entre cour et jardin.

De hautes murailles entouraient le tout, et la grille

de la grande porte-cochère se blindait de volets intérieurs, doublés en tôle.

La cour était dallée en marbre blanc et vert-de-mer. Au milieu, un jet d'eau, dont la vasque, en jaspe, renfermait des poissons rouges et lançait, jusque sur le toit de la maison, ses gerbes liquides. Dans les coins de cette cour, des arbustes verts et des plates-bandes, émaillées de fleurs exotiques, dissimulaient, en partie, la nudité des murailles et donnaient à l'habitation un riant aspect.

Sur les marches de l'escalier qui y conduisait, d'énormes vases du Japon contenaient des plantes rares : cactus, camélias, yuccas, magnolias nains, en pleine floraison.

Le vestibule se faisait remarquer par ses superbes têtes de sanglier, têtes de loup, de tigre et même de lion. On eût dit un musée de vénerie.

Le vicomte traversa rapidement cette pièce, pressa un bouton perdu dans les moulures de la boiserie ; une porte secrète, invisible, s'ouvrit, et de Longpré se trouva dans un élégant cabinet de travail, tapissé en cuir de Russie. Des armes de prix, des tableaux de maître, des objets d'art, des antiques étaient appendus partout aux parois ou distribués sur des consoles précieuses dans l'appartement.

Les fenêtres ouvraient sur un parc ombragé par ces beaux grands arbres séculaires que l'esprit de bouleversement, de ravage, qui domine notre époque, ne tardera pas, hélas ! à faire complétement disparaître de Paris.

La pendule et les coupes qui ornaient la cheminée étaient des merveilles de ciselure, qui glorifiaient hautement le nom de Feuchère, leur auteur. Et, sur cette cheminée, se dressait une magnifique glace sans tain, à travers laquelle la vue plongeait dans une serre, où la main savante de quelque artiste jardinier avait accumulé et disposé, dans un fouillis délicieux, tous les trésors du règne végétal. Des sources aux ondes sussurrantes, des cascatelles irisées par les rayons de la lumière, des grottes de rocailles embellissaient encore cette charmante salle d'hiver, au bout de laquelle on apercevait une vaste volière, peuplée des plus brillants, des plus harmonieux chantres de la forêt.

A en juger par ce cabinet de travail, malgré son apparente simplicité intérieure, la maison du vicomte de Longpré devait être un séjour somptueux, quoique partout, sur les meubles, dans leur arrangement comme dans la décoration générale de l'appartement, se révélait un goût prononcé à l'ostentation.

En entrant, Hector frappa sur un gong.

Un valet en grande livrée, perruque poudrée, habit à la française, gilet rouge, culotte blanche, escarpins vernis à boucles d'argent, parut aussitôt.

— Monseigneur a appelé ? fit-il.

— François, je t'ai déjà prévenu qu'ici il ne fallait plus...

— Tonnerre ! C'est vrai, Capitaine, alors...

— Capitaine ! Est-tu fou ? A moins, ajouta Hector en riant, que je me fasse recevoir, quelque jour capitaine de la garde nationale.

— Monsieur...

— Monsieur le vicomte.

— Très bien, monseign... monsieur le vicomte.

— François, nous allons partir.

— Faut-il apprêter les malles de monsieur ?

— Oui, mais avant, causons un peu. Ce soir, nous serons en route pour la Bourgogne.

— Pour la Bourgogne ! Monseigneur, je veux dire monsieur le vicomte, aurait-il l'intention de reprendre la campagne avec son fidèle serviteur Coupe-Jarrets ? s'écria le domestique en tressaillant de joie.

— Eh ! eh ! çà t'irait donc, mon gaillard ? répliqua Hector de Longpré avec un sourire narquois.

VI

LE VOYAGE.

— Monsieur sait que je lui suis tout dévoué.

— C'est bien pour cela que je vais te donner un poste de confiance, mon cher François. Ce matin, tu iras à la préfecture de police...

— A la préfecture de police ! fit le domestique, en pâlissant.

— Oui, tu iras prendre deux permis de chasse. Un pour moi et un pour toi, au nom... Voyons, comment veux-tu t'appeler ?

— Mais... François !

— François tout court, ce n'est point suffisant. Tu te nommeras le chevalier François de l'Étang. Ce nom te va-t-il ? oui. Cependant il faudra savoir le porter, mon garçon ; surtout pas de pataquès. Tu seras mon ami, mon égal. Nous allons en Bourgogne louer des chasses.

— Ah ! plus braconniers, donc ! ce sera drôle, dit Coupe-Jarrets. Mais n'est-ce pas nous jeter dans la gueule du loup ? Eh ! les autres sont pincés !... Si on nous empoignait à notre tour.

— Es-tu sûr que le père Petit-Jean ?...

— Occis, mon cher vicomte, occis ; répondit François entrant tout de suite, avec la plus grande facilité, dans l'esprit de son rôle. La corde était solide, le nœud en bon état. Et le père Petit-Jean avait son passe-port signé pour le *boulanger* (1), quand les *baudriers jaunes* (2) sont arrivés. J'en répondrais sur ma *sorbonne* (3).

(1) Le diable.
(2) Les gendarmes.
(3) Tête.

Est-il contrariant mon frère de lait, dit Aurélie à Armand. — Page 43.

— Bon...

— Cependant, dites-moi, vicomte, je suis passablement connu par là, en Bourgogne. Vous, c'est différent, vous portiez toujours votre masque de velours sur la figure dans nos expéditions, mais moi !...

—Eh ! nigaud ! qu'est-ce qui s'avisera de soupçonner le bandit Coupe-Jarrets, sale, déguenillé, hideux, dans le brillant chevalier François de l'Étang? Et même, tel que te voici, depuis que tu as coupé ta barbe et tes cheveux, décrassé ton museau, je défie à qui que ce soit, *raille* (1) ou *curieux* (2) de te reconnaître.

— Pensez-vous ?

— Allons, allons, chevalier, faites ce que je vous dis. Nous sommes à peu près de même taille. Mes vêtements vous iront parfaitement. J'ai une garde-robe bien montée. Ce soir, nous partirons pour Châtillon-sur-Seine.

— Vicomte, c'est entendu. Mais la maison restera donc seule ?

— As-tu peur qu'elle ne s'envole?... Sois tranquille, on y veillera.

— C'est vrai ; madame du Val est là...

— Elle ou un autre, interrompit Hector, avec impatience.

François sortit.

— Encore un boulet dont il faudra se débarrasser,

(1) Mouchard.
(2) Juge.

murmura le vicomte dès qu'il fut parti. Il sait trop, beaucoup trop de choses...

Vers huit heures du soir, la malle-poste de Paris à Châtillon-sur-Seine emportait les deux bandits, le vicomte et François, déguisés en fashionables.

Ils arrivèrent le lendemain matin et descendirent à l'*Hôtel de la Côte-d'Or*. S'étant annoncés comme des jeunes gens riches et de grande famille, qui venaient dans le pays pour chasser pendant quelques jours, ils retinrent le plus bel appartement, en exprimant le désir d'être servis chez eux.

C'était une bonne fortune pour l'hôtel. La directrice, madame Noirot, leur fit un accueil charmant.

Après avoir pris un bain, fait une toilette à la fois simple et élégante et un déjeuner substantiel, Hector sortit seul et se fit indiquer le pensionnat de madame B***.

— Mademoiselle Aurélie? demanda-t-il à la domestique, qui vint lui ouvrir la porte.

— Mademoiselle Aurélie?

— C'est cela même. Je suis son parent!

— Ah! s'exclama la servante, toute surprise d'entendre un inconnu demander l'élève qui ne recevait jamais d'autres visites que celles de M. Petit et de sa nourrice.

— Pourrais-je la voir? reprit Hector.

— Mais monsieur ne sait donc pas que les classes sont fermées depuis le 20 août, et que mademoiselle est en vacances?

— Imbécile! pensa le vicomte, je n'avais pas songé à cela.

— Si monsieur veut parler à madame?

— Oh! non, c'est inutile... c'est inutile... Mais où ma cousine passe-t-elle donc ses vacances? dit-il négligemment.

— Ah! cette pauvre demoiselle Aurélie, elle n'a pas de correspondant. C'est pourtant un excellent sujet, allez... Elle a eu tous les premiers prix cette année... Sans sa nourrice...

— Oui, n'est-ce pas, sans sa nourrice!... répéta Hector pour faire causer la servante.

— Une bien brave femme! Monsieur la connaît?

— Parbleu. Elle demeure... un singulier nom... je ne me rappelle plus.

— A Villon, depuis la mort de son cher homme, qu'elle en est inconsolable.

— A Villon! Ah! c'est cela, s'écria de Longpré avec un sang-froid merveilleux... et mademoiselle... je veux dire ma cousine Aurélie est chez sa nourrice?

— Comme vous dites, monsieur.

— Bon, j'irai la voir, cette chère enfant.

— Elle sera bien enchantée de recevoir son parent, elle qui ne voit jamais que des étrangers. Pauvre petite, va!

— C'est que j'étais en voyage.

— Tout comme son oncle, M. Petit, un bien honnête homme, aussi! Il est pourtant venu, il n'y a pas encore deux mois. Mademoiselle était malade... Oh! malade... Nous avons failli la perdre...

— Merci de vos renseignements, ma bonne femme, merci. Tenez, voici pour votre peine, dit le vicomte en lui glissant une pièce dans la main.

— Cinq francs! Mais vous n'y pensez pas, monsieur! vous vous trompez! s'écria la domestique ébahie à la vue de l'écu posé dans sa main entr'ouverte.

Mais le vicomte était déjà loin. Il rentra à l'hôtel, et commanda de lui amener sur-le-champ le meilleur cheval de selle qu'on pourrait se procurer.

— Je vais m'absenter pour un jour ou deux, dit-il à Coupe-Jarrets. Durant cette absence tu feras ce que tu voudras. Tâche seulement de soutenir ton rôle.

— Avez-vous à vous plaindre de moi?

— Non. Au contraire, je suis satisfait, très-satisfait, répondit Hector, en tirant complaisamment sa moustache.

« Ah! une réflexion! ajouta-t-il, après un moment de silence, tu viendras me rejoindre demain, avant midi, sur le plateau de Maulnes. Apporte deux fusils, comme si tu allais chasser.

— C'est entendu, dit Coupe-Jarrets.

On annonça que le cheval était prêt.

C'était une maigre haridelle de louage. De Longpré ne put réprimer une grimace à l'aspect de cette bête efflanquée qui paraissait avoir peine à se tenir sur ses jambes. Néanmoins, il fit contre fortune bon cœur sauta en selle avec la dextérité d'un cavalier consommé; et, s'adressant à François, qui fumait un cigare sur l'escalier de la porte de l'hôtel :

— Au revoir, mon cher chevalier! A demain... ou après, lui dit-il.

— A demain donc, mon cher vicomte. Je vous souhaite un heureux voyage, grasseya Coupe-Jarrets avec le précieux nonchaloir d'un habitué du café Anglais.

De Longpré partit. Il était environ deux heures.

Un lorgnon à l'œil, François le suivit du regard jusqu'à l'angle de la rue de l'Isle, où il disparut dans un tournant.

Hector traversa lentement la ville sans trop éveiller l'attention des habitants, qui sont bien les gens les plus curieux de la terre. Parvenu à la porte Saint-Antoine, il voulut mettre son cheval au trot. Mais l'animal regimba. Une lutte s'ensuivit entre l'écuyer et la bête. Celui-ci finit par l'emporter, et, à sa grande satisfaction, car, dans cette lutte, il s'aperçut que l'animal avait plus de fonds qu'il ne l'avait pensé au premier abord. Effectivement, le cheval, sentant qu'il avait affaire à un maître, prit le trot. A quatre heures, il était à Laignes; à six, il arrivait à Cruzy-le-Châtel, où de Longpré s'arrêta un moment pour lui donner une avoine.

Quand le jeune homme remit le pied à l'étrier, le crépuscule penchait ses ombres sur la vallée. Hector fut obligé de monter au pas la côte escarpée qui suit la grande route de Cruzy à Villon, éloigné de dix kilomètres environ de ce bourg. Aussi la nuit était-elle tout à fait tombée lorsque notre cavalier atteignit le sommet de cette côte, qui commande un vaste horizon. La route alors replonge, bordée de chaque côté par les bois, dans une gorge profonde appelée le pré Bailly. Quoique le château de Maulnes domine cette gorge étroite, elle est effroyablement lugubre et solitaire. Le passage en est dangereux, même en plein jour.

Rêvant à « son affaire », Hector allait doucement pour laisser souffler son cheval, et commençait à descendre le versant de la montagne. Tout à coup un individu, caché dans un buisson, se jette devant l'animal, le saisit à la bride, l'arrête, et menaçant le cavalier d'un pistolet :

— La bourse ou la vie ! crie-t-il d'un ton farouche.

— La bourse ! dit Hector, sans s'étonner. Et s'inclinant légèrement sur le côté droit, d'un coup de poing il fait tomber à terre le pistolet qui le menace, saisit avec la main l'homme par le milieu du corps, l'enlève avec la rapidité de l'éclair et le plante sur le cou de son cheval qui plie sous le fardeau.

— Que penses-tu de ce fardeau-là ? demanda-t-il tranquillement au brigand.

— Je pense, répondit celui-ci avec le même sang-froid, qu'il n'y a qu'une poigne au monde pour faire ce que vous venez de faire, Monseigneur !

Puis le bandit se mit à rire.

— Qui es-tu ? s'enquiert le vicomte un peu troublé.

— Sacristain, pour vous servir, Monseigneur. Mais lâchez-moi, de grâce, car j'aimerais autant avoir mes côtes entre les pinces d'un étau qu'entre vos doigts.

— Que fais-tu ici ? reprit de Longpré, le reposant à terre avec autant d'aisance que si c'eût été un tout jeune enfant.

— Ce que je fais, Monseigneur ! Ah ! je me suis évadé de la prison de Dijon, où sont les *zigues* (1) depuis le jour...

— Tu t'es échappé seul ? dit Hector qui, favorisé par les ténèbres, tira avec sa main gauche un pistolet de sa poche.

Le Sacristain ne remarqua point ce mouvement.

— Tout seul, répondit-il. Les autres sont encore dedans. Le père Serrebourse nous avait joliment *mangés* (2), hein ?

— Tu crois ? reprit le vicomte, passant le pistolet de sa main gauche dans sa main droite. Et rien de nouveau ? continua-t-il en s'assurant par un regard que personne ne l'observait.

— Rien. Le procès se fera en décembre. Mais vous veillerez sur les *copains* (1), n'est-ce pas, Monseigneur ?

— Oh ! sans doute, dit Hector avec un semblant d'intérêt.

Et il déchargea son arme sur Sacristain, qui marchait paisiblement à côté du cheval.

(1) Camarades.
(2) Dénoncés.

VII

AURÉLIE PETIT.

La domestique du pensionnat de mademoiselle B... n'avait pas trompé le vicomte de Longpré : Aurélie Petit habitait, depuis la fin d'août, chez sa nourrice, à Villon.

Situé à la limite des départements de l'Yonne, de l'Aube et de la Côte-d'Or, ce village est perché comme un nid d'oiseau de proie, au sommet d'un plateau, de formation calcaire, à près de trois cent soixante mètres au-dessus du niveau de la mer. C'est un des points culminants de la France centrale.

« A quelques pas du village, et sur la gauche de la route, s'élève un petit pavillon ou signal qui servit aux officiers d'état-major pour la levée de la carte du dépôt de la guerre, et d'où l'œil découvre un panorama des plus étendus.

« A vos pieds, dans la direction du midi, s'étagent en masses sombres les bois de Maulnes, de Cruzy, de Vaulineuse ; dans le fond du tableau apparaissent les montagnes de Noyers, de Grimault, de Montréal, les longues lignes bleues des forêts du Morvan, puis enfin Vezelay, avec sa vieille église abbatiale, qui se détache comme un point blanc dans l'espace.

« Plus à l'ouest, les vertes vallées de Quincy et de l'Armançon pour contraste ; derrière, un cercle sévère de coteaux nus d'un gris fauve, dont les crêtes dominent Vézinnes et Junay. Du côté du nord, par un ciel bleu transparent, la vue embrasse une étendue de territoire encore beaucoup plus considérable. Pour n'en citer qu'un exemple, nous dirons qu'on peut facilement reconnaître les grandes tours de l'église cathédrale de Troyes, éloignées de près de quarante-cinq kilomètres à vol d'oiseau (2). »

C'est dans ce pittoresque village qu'Aurélie était venue passer ses vacances. Le père Petit-Jean ne lui avait

(1) Compagnons.
(2) Voir l'excellent article de M. Eugène Lambert, éminent archéologue, écrivain distingué, sur *Villon*, dans l'*Annuaire de l'Yonne* (année 1860), une des meilleures publications périodiques de notre époque. — Perriquet et Rouillé, éditeurs, à Auxerre.

pas fait de nouvelles visites depuis le mois de juillet. Après les marques de tendresse follement idolâtres dont il avait donné tant de preuves le jour où il la trouva alitée, on pouvait, à bon droit, s'étonner qu'il n'eût point reparu. Mais, au commencement d'août, une lettre de maître Morlot, notaire, rue Saint-Honoré, 139, à Paris, annonçait à la directrice du pensionnat que M. Petit, étant forcé de s'absenter subitement et de faire à l'étranger un voyage qui durerait peut-être quelques années, l'avait prié, lui maître Morlot, de solder les dépenses nécessitées par l'éducation et l'entretien d'Aurélie.

Cette lettre fit cesser les inquiétudes passablement intéressées de madame...

Aurélie entra en convalescence. Sa maladie ne l'empêcha point de cueillir de beaux lauriers à la distribution des prix. Sa bonne nourrice la couronna plusieurs fois, et elle partit, sous la garde de cette digne femme, pour Villon, dans une carriole conduite par Jacques, le frère de lait.

Était-elle fière, un peu, le lendemain, un dimanche, ma foi ! la mère Brugnot, de montrer à la grand'messe sa fillette vêtue suivant la dernière mode de Paris ! Et je vous prie de croire que tout le jour il ne fut question que de la « belle demoiselle » dans Villon !

Aurélie était charmante d'ailleurs : des cheveux épais, d'un noir de jais, qui reflétaient à la lumière les nuances bleu-foncé du raisin de Corinthe ; un visage admirable d'expression, éclairé par de grands yeux mélancoliques, mystérieux, où commençait à s'allumer la vie d'amour, de désir ; un teint naturellement pâle, mais de cette pâleur olivâtre, vivace, signe de force et d'impétuosité ; un léger duvet, presque imperceptible, teintant la lèvre supérieure, et en rehaussant le pur corail ; les épaules larges, onduleuses déjà, la taille noble, pleine de promesses ; les mains, les doigts, un peu forts, un peu noués encore, sans doute. Aurélie n'avait que seize ans, mais annonçant, pour quelques années plus tard, cette délicatesse, ce galbe fin, délié, exquis, prisé par les statuaires comme le parangon de la perfection.

Aurélie avait du goût. Elle s'habillait à ravir. Quant à son caractère, nous l'avons dit, il était fantasque, fougueux, d'une mobilité excessive. Dans un de ses bulletins trimestriels, madame.., son institutrice, l'avait parfaitement tracé en une ligne : « Caractère bon, mais pas assez rassis. »

— Fillette, faut aller voir M. Armand, lui dit la mère Brugnot, après le dîner, qui, dans nos campagnes, a toujours lieu le dimanche, à la suite de la grand'messe.

— Monsieur Armand ?

— Mais oui, M. Armand Lejeune, qui t'a tirée des griffes de ces gueusards de gueurdeaux ! Faut aller le r'marcier. C'est un original que M. Armand. P't-être ben qu'il aime un peu à boire, c'te jeune homme. Mais y fait du bien, trop de bien dans le pays. C'est pas moè qui le dénigrera. Et pis, y a eu des chagrins. P'tiote, soit pas fiare ; j'irons l'i dire bonjour.

— Mais, nourrice, une jeune fille ?

— Est-ce que tu seras pas avec moè ? C'est pas propre chez eux. Mais, qu'est-ce tu veux ? C't' homme, y n'a pas de servante. T'y verras des biaux tabiaux, et des harloges en veux-tu en v'lè. Toè qu'es eune connaisseuse, pisque t'ai évu le premier prix de dessin, ça t' plaira, tous ces afficatios-là.

Aurélie ne demandait, certes, pas mieux que d'aller remercier son sauveur. Après l'odieuse violence dont elle avait failli être victime, elle avait plus d'une fois songé à ce chasseur inconnu, arrivé si à point pour mettre en fuite les bandits. Le visage mâle et vivement accentué du jeune homme était resté gravé dans sa mémoire. Insidieusement, Aurélie avait, auprès de sa nourrice, pris des informations sur son compte. Et sa curiosité, son intérêt s'étaient augmentés des renseignements donnés. Aimé des uns, envié des autres, le Sanguier de Villon possédait une certaine fortune, qu'il dilapidait par incurie ou ignorance. Il avait beaucoup voyagé, menait une existence vagabonde, négligeait la culture de ses terres, chassait du matin au soir, grâce à une permission préfectorale et à son titre de louvetier. Enfin, il s'adonnait à la boisson, surtout depuis la mort de sa mère, qui, jusqu'à sa dernière heure, l'avait entouré d'une tendresse aveugle, jalouse.

De la demeure d'Armand on rapportait des choses inimaginables. C'était un désordre, un capharnaüm à ne s'y pas reconnaître. Et le jeune homme couchait dans une chambre où nul n'avait jamais mis le pied. Pensez si cette chambre avait donné lieu à des commentaires ! Les mauvaises langues insinuaient qu'Armand y battait fausse monnaie. Les mieux intentionnés n'étaient pas éloignés de croire qu'il s'y livrait à des opérations occultes de magie. Bref, tous les paysans redoutaient et guettaient son logis, parfaitement gardé, d'ailleurs, contre les tentatives de l'indiscrétion, par quatre chiens féroces que le Sanguier de Villon avait ramenés d'Amérique. Deux de ces chiens lui servaient pour la chasse ; deux autres restaient constamment en liberté dans la cour de la ferme. Et, chose bien extraordinaire, qui passait dans le public pour le comble de l'aberration, et indisposait les esprits contre lui, Armand Lejeune nourrissait habituellement ses chiens avec du poisson, qu'il faisait venir à grands frais des étangs voisins.

Sa famille était, disait-on, originaire de Paris, où ses aïeux avaient occupé une haute situation sous les règnes de Louis XIV et Louis XV. Sa mère avait même, rapportait-on encore, figuré à la cour de Louis XVIII, vers 1817.

Quant à lui, il était né à Tonnerre, où son père, frappé par des revers de fortune, avait longtemps exercé la profession de bijoutier.

Voilà, en peu de mots, ce qu'avait appris Aurélie. Inutile de répéter que la pénombre au milieu de laquelle apparaissait la belle et hardie figure de son libérateur en faisait, pour elle, ressortir davantage les traits ; que son imagination de jeune fille s'était, à son insu, exaltée et que, plus d'une fois, elle s'était surprise rêvant du Sanguier de Villon.

Le héros n'était pourtant pas poétique : une mine de braconnier, un extérieur sale, sordide ; il buvait de l'eau-de-vie, il en buvait outre mesure ; mais que ne peut l'imagination d'une pensionnaire inflammable tout autant que naïve ! Gratuitement, Aurélie lui prêta des aventures, des chagrins, des désespoirs terribles. Elle le releva, le para, s'en fit une image d'homme du monde, s'éprit de l'idole qu'elle-même avait créée au gré de sa fantaisie. Et quand elle vint passer les vacances chez sa nourrice, ce fut avec l'ardent désir de voir son idéal.

Aussi, loin d'y répugner, son cœur bondissait-il d'aise à l'idée de faire une visite au Sanguier de Villon.

— Eh bien ! nourrice, dit-elle, je vais mettre mon chapeau, et puisque tu penses que c'est bien, nous irons...

Mais comme Aurélie prononçait ces mots, on frappa doucement à la porte de la chaumière et Armand Lejeune entra.

Il était proprement mis, sans recherche, comme un riche cultivateur.

A sa vue, la jeune fille rougit.

— Ah ! c'est monsieur Armand ! Avance une chaise, Jacques ; j'allions justement, moè et la p'tiote, pour vous remercier, cheux vous, monsieur Armand ! fit la mère Brugnot.

Le jeune homme salua avec aisance, et dit, en s'adressant à Aurélie :

— Je suis heureux, mademoiselle, de vous éviter cette peine ; daignez me pardonner d'être venu prendre des nouvelles de votre santé.

Ces paroles furent prononcées simplement, mais sans le moindre embarras. Aurélie balbutia une réponse ; Armand s'assit. On causa. Le Sanguier de Villon avait une instruction variée, solide. Sans en faire étalage, il savait se faire écouter. Sa voix était douce, pénétrante, limpide. Dans cette première entrevue, il acheva de conquérir le cœur de la jeune fille. Le lendemain, il revint ; les jours suivants aussi. Ses habitudes, ses mœurs étaient changées. Plus de chasse, plus de longues stations au cabaret, plus d'alcool. Armand surveillait même avec soin son *train de culture*. Une semaine après, c'était chez lui une transformation complète. On jasait dans le village. Mais la maman Brugnot imposait silence aux officieuses commères par ces mots :

— Laissez donc ! laissez donc ! c'est d' leux âge ; tant mieux si y s'aiment, ces enfants ! Ça sera un mariage pour l'an prochain.

Et ils s'aimaient tendrement, sincèrement, chastement, Armand et Aurélie ! Si leurs lèvres n'avaient pas encore soufflé le doux aveu, leurs âmes étaient à l'unisson dans ce délicieux concert d'amour.

Chaque jour, ils faisaient des promenades dans la forêt, s'occupant tantôt de botanique, tantôt d'entomologie ou d'ornithologie, sciences dans lesquelles Armand était profondément versé et qu'Aurélie aimait à la passion.

Un soir, après une longue excursion, vers huit heures, ils s'étaient assis à mi-côte de la montagne qui domine Villon. Le temps était beau, la brise embaumée ; au ciel s'allumaient des milliers d'étoiles. Un rossignol jetait ses notes voluptueuses, ses plaintes, ses soupirs aux échos, aux zéphyrs des bois. Doucement serrés l'un contre l'autre, les deux jeunes gens, le cœur gonflé, s'abandonnaient aux charmes dangereux de cette enivrante soirée. Tout à coup, cédant à une irrésistible impulsion, Armand murmura d'une voix profondément émue :

— Aurélie ! je vous aime !

VIII

LA BAUGE DU SANGUIER DE VILLON.

Un bruyant et sardonique éclat de rire répondit à cette déclaration, en même temps que l'ombre d'un homme se dessinait derrière un buisson, à deux pas de nos amoureux !

— Bravo, mes gars ! bravo ! continua-t-il en redoublant ses rires. Pardieu ! je vois avec plaisir qu'aux champs on sait conter et cueillir fleurettes tout aussi bien qu'à la ville. Dis-moi, mon ami, est-elle gentille au moins ta bergère ? ajouta-t-il en tournant le buisson.

— Passez votre chemin, drôle ! s'écria Armand qui s'était levé furieux et voulait se précipiter sur le trouble-fête, mais qu'Aurélie retenait quoique à grand' peine.

— Drôle ! répéta l'inconnu d'un ton surpris. A qui parles-tu, mon garçon ? Sais-tu que l'on m'appelle monsieur le vicomte de Longpré ?

— Passez votre chemin, vous dis-je, ou sinon !... repartit colériquement Lejeune ne se possédant plus.

— Ah ! pas avant que je n'aie, moi aussi, donné un baiser à ta...

La fin de la phrase se perdit dans le bruit d'un retentissant soufflet.

C'était le Sanguier de Villon qui, à bout de contrainte, s'était dégagé des bras d'Aurélie et avait frappé de toute sa force le noble vicomte.

Un moment étourdi par la soudaineté de l'attaque, celui-ci reprit bientôt son sang-froid.

— Pas mal touché pour un rustre de ton espèce, dit-il en riant. Mais, mon gaillard, je vais te prouver que les citadins en peuvent remontrer à tes pareils, dans cet exercice. Attention ! ça va commencer.

Ce disant, il allongeait le bras pour assommer Armand, qui se tenait sur la défensive, mais dont il eût eu sans doute bon marché, grâce à sa vigueur athlétique, lorsque Aurélie se jeta entre eux.

— Je vous en supplie, monsieur ! dit-elle en s'adressant au vicomte, quoiqu'elle distinguât à peine ses traits, tant les ténèbres étaient profondes.

— Laissez-nous, Aurélie ! laissez-nous, mademoiselle ! s'écria Armand en la repoussant avec douceur.

A ce nom d'Aurélie, le vicomte recula d'un pas. Et changeant aussitôt le timbre de sa voix qui devint aimable, galante, il reprit :

— Serait-ce à mademoiselle Aurélie Petit que j'aurais l'honneur de parler ?

— Oui, monsieur, dit la jeune fille surprise.

— Ah ! mademoiselle, vous me voyez tout confus. Que faudra-t-il faire pour obtenir tout ce que je sollicite à vos pieds ? dit-il en mettant un genou en terre.

— Qui êtes-vous ? que me voulez-vous, monsieur ?

— Un ami de votre père... un peu son parent même... Mais je suis, croyez-le bien, mademoiselle, désolé d'une méprise... Et vous, monsieur, fit-il, en s'adressant avec bonhomie à Armand, recevez aussi mes excuses les plus sincères, les plus cordiales. Du reste, ma grossièreté a reçu son châtiment ; vous avez des muscles de fer, monsieur. Eh ! eh ! quel luron ! Voulez-vous oublier et me donner votre main ?

— Volontiers, monsieur, puisque vous reconnaissez vos torts, dit le Sanguier de Villon, en lui tendant la main, mais avec une répugnance instinctive.

— Et vous, mademoiselle... ma cousine, me refuserez-vous la vôtre ? poursuivit-il avec un abandon charmant qui prédisposa favorablement la jeune fille pour lui.

Aurélie laissa prendre ses doigts délicats. Hector les pressa légèrement et reprit :

— Je ne dois pas être loin de Villon, n'est-ce pas ?

— A quelques pas seulement, dit Armand, qui s'en voulait déjà de la méfiance que lui inspirait cet étranger.

— Savez-vous, monsieur, si j'y pourrais trouver un gîte ?

— Il y a une auberge... une seule.

— Ah ! c'est tout ce que je demande. Figurez-vous que je suis venu de Châtillon ici sans connaître les chemins, et ils sont abominables vos chemins ; mon cheval s'est abattu dans une descente ; je n'ai pu le relever, et je suivais ce sentier, quand j'ai entendu des voix...

— Votre cheval s'est abattu ? vous n'êtes pas blessé, au moins, monsieur ! dit Aurélie d'une voix émue.

— Non, mademoiselle ; non, ma cousine. Demain je vous conterai cela, car j'ai quitté Paris pour... vous parler...

— Vous avez vu mon oncle, monsieur ?

— Oui... avant son départ ; j'ai eu une entrevue avec ce digne ami, répondit-il effrontément.

— Nous sommes au village ; si vous avez besoin de quelqu'un pour aller relever votre cheval ? dit Armand qui se sentait pris de jalousie.

— Oh ! merci, merci mille fois pour votre obligeance ; j'enverrai les gens de l'auberge.

— La voici devant vous, monsieur ! repartit le Sanguier de Villon, montrant une lumière qui brillait à une fenêtre.

— Déjà arrivé ! s'écria le vicomte. — Mademoiselle, une bonne nuit ! Avec votre consentement, j'aurai l'honneur de vous présenter mes hommages, demain.

Et se tournant vers Lejeune, il lui dit avec une politesse exquise :

— Je vous souhaite le bonsoir, monsieur.

Après ces mots, il s'inclina profondément devant la jeune fille, et les quitta pour entrer dans l'auberge. Aurélie était rêveuse, Armand soucieux. Ils se séparèrent après avoir échangé quelques paroles insignifiantes, mais sans souffler mot de cet étranger qui était alors, cependant, l'unique sujet de leurs préoccupations. Quant à lui, il dépêcha des paysans, avec une charrette, pour ramener son cheval, demanda une chambre, soupa copieusement d'une omelette au lard et d'un râble de lièvre, puis il alluma un cigare et se coucha.

— Étranges, étranges rencontres ! pensait-il, en lançant des bouffées de tabac vers le ciel de son lit, à rideaux de calicot rouges à grands ramages... Sacristain ! il fallait lui brûler la cervelle, décharger son pistolet et le poser près de lui.

On croira à un suicide. J'aime ça, moi, que les imbéciles croient au suicide de ceux dont je me débarrasse. Et, depuis l'histoire du père Petit-Jean, je suis en appétit... Au surplus, qui s'inquiétera de cet échappé de prison ? Mais mon cheval qui butte et se casse la jambe à la descente de la côte de Maulnes. C'est-il du guignon ! Et puis, me jeter tout à coup dans cette fillette ! Tue Dieu ! elle débute de bonheur ! D'ailleurs, elle paraît ravissante ! Et cette brute qui la courtise. Heu ! heu ! je connais. Le Sanguier de Villon, si je ne me trompe. Qu'en faire? *L'estourbir* (1)? Difficile... Ça fera du bruit... Un duel vaudrait mieux.... Oui, c'est ça... Je suis de première force à l'épée... Je fais mouche à quarante pas... va pour le duel ! Ça me posera au surplus dans l'esprit de cette aimable pensionnaire. Eh ! eh ! si j'ai commencé par une gaucherie j'ai terminé par un coup d'adresse. Je ne suis pas mécontent de moi. Cette façon de me présenter avait quelque chose de romanesque qui a dû frapper son imagination... Le duel achèvera de me mettre en relief... Et si ce paysan refuse... Coupe-Jarrets est là...

Le bandit s'endormit en ruminant ses projets.

Le lendemain, il se leva de bonne heure, se fit indiquer la ferme d'Armand Lejeune, qui demeurait au bout du village.

Une porte cochère, démantelée, conduisait à sa cour où s'élevait, d'un côté, un bâtiment couvert de chaume et de laves, en mauvais état, servant d'écurie et de grenier à fourrages. De l'autre côté, à droite, on voyait une construction, dont le toit était effondré, dont les murs menaçaient ruine ; puis une maison d'habitation avec deux fenêtres uniques, ouvertes à vingt pieds du sol ; l'une n'avait pas de volets. Des carreaux crasseux ou fêlés, ou remplacés par de vieux chapeaux, des bouchons de paille, gémissaient à la croisée. L'autre avait un seul volet branlant, rongé à ses extrémités par les intempéries. Son confrère, détaché de ses gonds, gisait sur le fumier, qui emplissait toute la cour, devant laquelle stagnait une mare d'eau putride et verdâtre. Dans le fond de cette cour on apercevait, par-dessus un mur à demi démoli, et à travers une porte à claire-voie, les arbres fruitiers vieillis, tortus, tapissés de lierre et mal entretenus d'un vaste verger.

En arrivant, le vicomte de Longpré eut quelque peine à traverser la mare ; il fut salué par le vacarme effrayant de quatre chiens énormes qui s'élancèrent aussitôt sur lui. Leur maître, en blouse et en sabots, donnait à « manger à ses bêtes. » Il appela les chiens ; ils obéirent.

Hector salua poliment. Armand répondit froidement à ce salut.

— Monsieur, fit le premier, deux mots à vous dire.

— A vos ordres, monsieur, répondit Armand qui avait compris. Voulez-vous monter chez moi?

— Très-volontiers.

Lejeune indiqua au vicomte la baie d'une porte, dont le chambranle était aux trois quarts renversé. Cette porte donnait sur un espace quadrangulaire, vide, ou plutôt hérissé de ronces, d'arbres et de détritus de toute espèce : épluchures de pommes de terre, choux, raves, restes de viande en décomposition, fruits pourris, vaisselle brisée, etc.

A droite de la porte un escalier de pierre, branlant, sans rampe, menait à une sorte de plate-forme de dix pieds carrés, sur laquelle, dans le pignon de la maison, on remarquait une seule porte.

Le Sanguier de Villon ouvrit cette porte, et introduisit l'étranger dans une chambre, dont l'odeur infecte, nauséabonde, le saisit aussitôt à la gorge. Singulière chambre que celle-là ! A hauteur du plafond, noirci par la fumée, étaient accrochés pêle-mêle des flèches de lard, des raisins, la moitié d'un lièvre, des fruits, un cuissot saignant de chevreuil, des pieds de sanglier, des chapelets de champignons. Que sais-je encore ? Et ce plafond, soutenu çà et là par des poteaux bruts, semblait près de s'écrouler sur le plancher, chancelant lui-même, à travers les solives mal jointes duquel on distinguait la cave, couverte d'une couche de boue, d'immondices épaisses de deux doigts.

Et l'ameublement ! Pour le peindre, quelle palette ne me faudrait-il pas !

Essayons, pourtant. Ici, un saloir heurte une huche grossière, coudoie un charmant secrétaire Louis XV, chargé de poussière, de bouquins rongés aux vers, de graines de toutes sortes, et s'appuyant, faute de deux pieds, sur une paire de vieux souliers.

Dans les coins des fusils rouillés, des instruments de jardinage ; un seau, des chiffons. Puis, c'est une commode que surmonte une magnifique glace à cadre sculpté, à verre *détamé*, souillé d'ordures : au-dessus, un superbe portrait de grande dame du siècle dernier. Puis, c'est une porte vitrée qui conduit à la cave ; puis une alcôve à rideaux bleus, fanés, déchirés, en loques, à travers lesquels on aperçoit un bois de lit estropié, boiteux, conservant encore quelques traces de dorure. Dans le fond, c'est un christ en ivoire. En nous retournant, nous sommes en face de la cheminée avec sa vieille glace, sa pendule du temps de Louis XIV, comme l'indique un balancier représentant la tête du glorieux monarque entourée de rayons de soleil ; elle est flanquée de deux pots à fleurs ébréchés, enfoncés dans un indescriptible amas de choses, d'objets, de débris, de toiles d'araignées.

De chaque côté de la cheminée on remarque de ravissantes miniatures mangées par la poussière.

Enfin, une table ronde à toile usée, graisseuse, surchargée d'assiettes écornées, plats à moitié vides, verres à demi pleins, vaisselle de fer, de plomb et d'argent, cherchait vainement son centre de gravité au milieu de ce pandémonium.

— Vous connaissez le motif qui m'amène, monsieur? dit le vicomte de Longpré, quand il fut revenu de la stupeur où l'avait jeté ce tableau sans nom.

(1) Le tuer.

IX

LES ADVERSAIRES.

— Veuillez, monsieur, prendre la peine de vous asseoir, dit Armand, en indiquant du doigt une chaise en paille dépénaillée.

— Oh! c'est inutile, parfaitement inutile, répondit, avec un regard curieux autour de lui, le vicomte de Longpré.

— Comme il vous plaira, monsieur.

— Vous avez donc compris que nous ne pouvions en rester là? poursuivit Hector, appuyant sa main droite au montant de la chaise que lui avait montrée Lejeune, et se dandinant sur un pied.

— Parfaitement, monsieur.

— Je me considère comme l'insulté.

— Cela, monsieur, est affaire d'appréciation.

Le vicomte fronça involontairement les sourcils.

— Enfin, monsieur, quelles seraient vos armes? reprit-il en fixant sur Lejeune un regard perçant.

— Il ne m'importe guère, j'accepterai les vôtres; seulement je tiens à conserver ma position d'insulté, dit froidement le Sanguier de Villon.

Le regard du vicomte doubla d'intensité.

— Vous vous êtes permis de porter la main sur moi, ce que nul n'osa jamais, dit-il; et sans la présence de mademoiselle Petit, que je respecte comme je l'aime, je vous aurais traité tout ainsi que l'on traite les malappris.

Armand Lejeune, qui se tenait debout, adossé à la cheminée, bondit de colère et fit un mouvement pour se jeter sur son adversaire.

— Pas d'emportement, dit celui-ci avec un flegme dédaigneux; vous êtes chez vous. Si dans une lutte corps à corps je vous assommais, on dirait que c'est un assassinat; car, voyez, telle est la force de mes muscles, ajouta-t-il avec un sourire de complaisance, en se baissant et enlevant avec les mains, comme il eût fait d'une bûche, une énorme huche en hêtre placée à côté de lui.

Le meuble, tout rempli de vaisselle, d'objets divers, pouvait bien peser une centaine de kilos.

Le vicomte le reposa avec la même facilité.

— Enfin, monsieur, quelles sont vos armes? dit le Sanguier de Villon, quelque peu impatient.

— Mes armes? mon Dieu! nos témoins règleront... Au fait! avez-vous un témoin?

— J'en aurai deux, monsieur.

— Ne croyez-vous pas qu'un seul serait suffisant?

— Si vous le souhaitez?...

— C'est, reprit le vicomte de son ton le plus impertinent, que j'arrive de Paris, que je ne connais dans tout votre pays qu'une seule personne; encore est-elle à Châtillon...

— Soit!

— Alors, je vais chercher mon ami...

Armand ne se possédait plus.

— Parbleu, monsieur, nous pourrions bien nous en passer? dit-il.

— De témoins?

— Eh oui, de témoins! Nous pourrions bien nous passer de témoins! s'écria le Sanguier de Villon, dont le sang excitable, brûlé par l'alcool, commençait à bouillir.

— Tiens! au fait! pourquoi pas? dit Hector de Longpré, après un moment de réflexion.

— Vos armes donc?

— Mais des armes, je n'en ai pas!

— Moi, j'en ai! repartit Armand avec une fureur croissante.

— J'accepterais volontiers les vôtres; mais ce serait en dehors des règles... j'en trouverai.

— Que m'importent les conventions?

— Si vous me tuiez, monsieur, vous passeriez pour...

— Un assassin! Qu'importe encore?

Le vicomte de Longpré perdit de son assurance. Mais il était bravache avant tout. L'irritation de son antagoniste le gagnait aussi. Du reste, il méditait un projet.

— Vous voulez nous battre seuls et sans témoins? au fait, ce sera original! dit-il, en souriant.

— Je veux me battre avec vous, le plus tôt possible! Est-ce clair, ça? siffla le Sanguier de Villon, entre ses dents serrées par la colère.

— J'entends, oh! cher monsieur. J'entends très-bien, ricana de Longpré.

— Allez! reprit l'autre en faisant claquer ses doigts.

— Et si j'acceptais vos armes?

— Eh bien! je n'ai que des fusils.

— Alors, nous nous battrions au fusil?

— Oui, au fusil double.

— Mon Dieu, fit Hector, tortillant paresseusement sa moustache, je n'y vois aucun inconvénient. Il va sans dire qu'avec vous j'ai affaire à un gentilhomme, et que jamais mademoiselle Aurélie... ma cousine... ne saura...

— Monsieur! interrompit Armand avec hauteur, je suis homme d'honneur. Je souhaite que mes ennemis en puissent dire autant d'eux.

De Longpré sentit le trait. Il se pinça les lèvres.

— Votre heure? continua le Sanguier de Villon.

— Deux heures, vous conviendraient-elle?

— Deux heures, soit. Et le lieu?

— Oh! je suis étranger au pays. Le lieu qui vous sera agréable, monsieur.

Qu'on lui jette une pinte d'eau sur la figure, ordonna maître François. — Page 54.

— Connaissez-vous la Charme-aux-Malades ? demanda Lejeune après une courte pause.

— Je me suis donné l'avantage de vous dire que j'étais étranger au pays.

— C'est juste. Mais c'est, je crois, un endroit convenable, proche de Villon. Tout le monde vous l'indiquera.

— Du moment où vous le préférez, je l'accepte, monsieur. A deux heures donc !... Ah ! un mot encore.

— Je vous écoute.

— Nous allons nous battre sans témoins, au fusil double, contre tout usage reçu...

— Après ?

— Ne pensez-vous pas, monsieur... pardon, j'ai oublié votre nom !

Ces mots furent prononcés avec une fatuité qui frisait l'insolence.

— Lejeune, répondit Armand, sans être dupe de cette insulte indirecte.

— Ne pensez-vous pas, disais-je, monsieur Lejeune, qu'il serait bon d'échanger un contrat signé qui constaterait que nous nous battons ainsi par l'effet de notre propre et absolue volonté, car si l'un de nous était tué...?

— Et l'un de nous sera tué, monsieur ! s'écria impétueusement Armand.

— Oh ! je n'en doute pas. C'est pourquoi ce papier pourrait éviter au survivant des désagréments... Vous me comprenez ?

En parlant ainsi, Hector ajustait ses gants sur ses doigts avec une incroyable nonchalance.

— Rédigez ce contrat, dit Armand.

— Pourquoi pas vous ?

— Vous avez fait la proposition ? Voici du papier, une plume et de l'encre, repartit Lejeune, en posant sur la table une ravissante écritoire Louis XV, une plume d'oie non dégraissée et un cahier de papier grisâtre.

Le jeune homme prit le papier, mit un pied sur la chaise et écrivit sur son genou, comme s'il trouvait la table trop peu digne :

« Villon, canton de Cruzy, arrondissement de Tonnerre (Yonne), ce septembre 1844.

« Je soussigné déclare vouloir me battre avec M. au fusil double, à soixante pas de distance ; l'avoir provoqué malgré lui à ce combat, qui aura lieu aujourd'hui, à deux heures de relevée, à la Charme-aux-Malades, sans témoins.

« Déclare, de plus, connaître mon adversaire, m'en rapporter entièrement à sa loyauté, et, s'il m'arrive malheur, je désire qu'il ne soit pas inquiété. »

Après avoir fait ce brouillon, le vicomte le lut à haute voix et dit à Armand, qui approuvait de la tête :

— Chacun de nous copiera cette minute, en remplira les blancs, la signera et remettra sa copie à son adversaire. De cette façon, un accident...

— Oui, oui, je conçois... l'autre ne serait pas compromis !

— Vous avez deviné, cher monsieur. A deux heures, répliqua Hector, son plus charmant sourire aux lèvres.

Les deux actes furent transcrits à l'instant ; on les échangea, et le vicomte de Longpré sortit en saluant son antagoniste avec une courtoisie toute gentilhommière.

Mais, avant de fermer la porte, il se retourna poliment et dit à Lejeune, qui avait machinalement fait quelques pas pour le reconduire :

— Ah ! mille pardons, mille pardons, monsieur, la matinée est peu avancée ; nous avons le temps de nous rendre à la Charme-aux-Malades. Me permettrez-vous d'aller, en attendant, présenter mes devoirs à ma charmante cousine, Aurélie Petit ?

— Monsieur ! s'écria le Sanguier de Villon bondissant d'indignation en recevant cette dernière flèche.

Hector était déjà parti, et franchissait la cour de la ferme. Il se présenta chez la mère Brugnot et demanda à parler à mademoiselle Aurélie Petit.

Aurélie était sortie avec Jacques, son frère de lait.

— Vous la verrez tantôt, not' monsieur, car la fillette s'en est allée qu'ri des noès, dit la bonne nourrice.

Dix heures sonnaient alors.

— J'ai à peine le temps de déjeuner et de courir au rendez-vous que j'ai donné à Coupe-Jarrets, se dit Hector. Bonne idée qui m'a pris là de le faire venir. Il m'eût été agréable d'avoir une entrevue avec la demoiselle ce matin : mais ce sera pour l'après-midi. Expédions d'abord notre homme.

Il rentra à son auberge, déjeuna lestement, commanda son dîner pour six heures, et sortit, en annonçant qu'il allait aux environs faire une partie de chasse.

Une lieue sépare le plateau de Maulnes de celui de Villon.

Hector, fumant un cigare, mit une heure à parcourir la distance : il allait lentement, en flânant. Arrivé sur la hauteur, devant le vieux manoir, il découvrit le chevalier François de l'Étang, *alias* Coupe-Jarrets, qui se promenait paisiblement, un fusil sur l'épaule, un autre à la main, non loin de la fontaine du château.

Le vicomte lui parla pendant quelques minutes à l'oreille.

La figure de Coupe-Jarrets s'illuminait à mesure que de Longpré l'entretenait.

Il frémissait d'impatience, lâchait des exclamations de plaisir et manifestait de cent façons l'enchantement de ce qu'il entendait.

— Ainsi, dit à la fin Hector, tu connais bien la Charme-aux-Malades ?

— Comme ma poche, ou plutôt comme vous la connaissez vous-même, Monseigneur, mon cher vicomte.

— Tu te cacheras dans la carrière.

— Convenu.

— Et au premier signe...

— Paf ! je vous le descends, répondit Coupe-Jarrets, en faisant avec son fusil le mouvement d'un homme qui tire sur quelque chose.

— Surtout ne le manque pas ; car si tu le manques, moi je te casse la tête, reprit le vicomte d'une voix sourde et terrible.

X

LE DUEL AU FUSIL DOUBLE.

Comme il faisait donc bon ce matin-là ! Quel air pur, balsamique, on respirait sur les pittoresques hauteurs de Villon, encadrées par des forêts immenses, dont l'automne commençait déjà à mordorer le feuillage et que, phare gigantesque dressé au milieu de cet océan de verdure, domine l'antique château de Maulnes, flamboyant, aux heures de la nuit, comme un cratère, des feux de la verrerie allumée à ses pieds.

Je ne connais pas de perspective plus émouvante, plus romantique, et me suis bien souvent demandé pourquoi nos peintres, pourquoi nos poëtes vont chercher si loin des sujets de tableaux qu'ils possèdent si près d'eux.

Pics élevés, rochers abrupts, gorges profondément encaissées, vie sauvage ou doucement animée ; grands bois, hautes futaies, arbres séculaires, vallons fleuris, côtes escarpées ; torrents rageurs, impétueux ; sources limpides, aux ondes claires et paresseuses ; paysages fortement frappés à la puissante empreinte de la nature, aux sites mollement estompés : lignes nobles, graves, sèches ou onduleuses, ombre et lumière à grands courants, tout cela ils le peuvent trouver dans la forêt de Maulnes.

Ah ! pour ceux qui cherchent la solitude, quelle oasis ! pour ceux qui s'aiment, quel éden, quel paradis enchanté !

Et depuis qu'elle aimait, depuis que son âme, ainsi que le calice de la rose, s'était épanouie au vivifiant soleil d'amour, combien Aurélie chérissait ces lieux si charmants dont sa jeune et féconde imagination parait encore les attraits de toutes les poésies d'un cœur chaud, enthousiaste !

Jamais les gazons ne lui avaient paru plus frais ; jamais les fleurs plus brillantes, jamais le chant des oiseaux plus mélodieux ! Elle n'osait presque fouler de son joli pied le modeste brin d'herbe ; elle avait peur de lui faire mal ; elle se fût reproché d'écraser le plus chétif insecte ; elle allait jusqu'à se demander, la naïve enfant, si ce n'était pas un crime d'être si fortunée. Ah ! je les plains ceux qui n'aiment pas ; ceux qui n'ont jamais aimé, ceux qui lancent à l'amour leurs âcres anathèmes : car l'amour c'est le bon, c'est le beau ; et quand il est vrai, quand il est profond, il a, je n'hésite pas à le dire, juste raison des froides conventions sociales.

Oh ! qu'il est saisissant ce cri de sainte Thérèse, parlant des démons : « Les malheureux ! ils ne peuvent pas aimer.

— Oui, bien malheureux, pensait Aurélie, en revenant vers onze heures de *gauler* des noix avec son frère de lait le bon Jacques.

— A quoi penses-tu donc ? tu es toute chose, sœur ? dit le jeune paysan, avec un franc sourire. C'est-y ton amoureux ?...

— Veux-tu te taire, vilain ! répondit la jeune fille, lui fermant la bouche avec sa main.

— Pas d'embarras ! c'est un honnête homme, M. Armand. Y s'corrigera de sa boisson...

— N'est-ce pas, Jacques, qu'il ne boit plus ?

— Lui ! on ne l'a pas vu à l'auberge depuis c'te moisson. Tu peux ben dire, sœur, que tu l'ai ensorcelé... Y ai encore un biau bien au soleil...

— Oh ! ce n'est pas ce qui m'intéresse, repartit vivement la jeune fille, en jouant avec un floquet de noix vertes qu'elle tenait au bout de son doigt.

— Eh ! eh ! fit le paysan, du bien c'est du bien. M. Armand a vendu... pas mal... il lui en reste deux cents arpents... Et c'est excellemment bon, ce qui lui reste... quoiqu'il néglige... Enfin, sœur, quand tu serai marié, tu m'prendrai ben pour ton fermier, hein ?

— Me marier, Jacques ! tu plaisantes ! dit Aurélie, devenant rouge comme une pivoine.

— Mais, tiens, le v'lai, ton galantisseux. Ous qu'y vai comme cé, avec son fusil et ses habits du dimanche, sans ses chiens ? V'lai ben la première foès que j'le voyons sorti sans ses bêtes ! — Ben l'bonjour, monsieur Armand, ajouta-t-il en ôtant son bonnet de laine grise et en s'adressant à Lejeune, qui débouchait du village, en redingote boutonnée jusqu'au haut, de façon à cacher sa chemise, et en pantalon noir.

— Vous allez donc à la fête ou à la foër, monsieur Armand, que vous vous êtes mis sû vot' trente-deux ? poursuivit Jacques, indiscret comme le sont ordinairement les gens du village. — Ah ! t'nez, v'là Aurélie qu'a ben besoin de vous voër. J'sommes allé aux noës, à c'matin. Et js'is ben sûr, m'sieur Armand, qu'elle pensôt pus à vous, sauf vot' respect...

— Te tairas-tu, babillard ! s'écria la jeune fille consternée.

— Bonjour, mademoiselle Aurélie... commença Armand.

— Ah ! j'vous quittons, dit Jacques. Donne-moé ton panier, sœur ; j'le port'rons à la majon (*maison*).

— Mais non ; j'y vais avant toi...

— Laisse donc, fillette, on est jeune, mais on sait ce qu'on sait, reprit Jacques en souriant.

Il lui prit un petit panier rempli de noix qu'elle avait au bras et s'enfuit.

— Est-il contrariant, mon frère de lait ! dit Aurélie à Armand.

— Ah ! voulez-vous des noix fraiches ? poursuivit-elle, en lui tendant le floquet qu'elle avait au doigt.

En faisant ce mouvement, elle leva les yeux sur le jeune homme et fut frappée de son air soucieux.

— Mon Dieu, dit-elle, comme vous êtes pâle ! comme vous paraissez triste, monsieur Armand ! vous serait-il arrivé quelque chose de désagréable ?

— Oh ! vous êtes mille fois trop bonne de vous intéresser ainsi à moi.

— Eh ! à qui donc monsieur m'intéresserais-je, sinon à ceux qui m'aiment et que j'aime ? dit-elle d'un ton de tendre reproche.

— Merci, Aurélie ; merci pour ces affectueuses paroles ! répondit Armand, se rapprochant d'elle.

Il voulut lui prendre la main.

— Non, non, pas ici ; est-ce que vous voulez mettre tout le monde dans notre secret ? Mais où allez-vous comme ça, monsieur Armand, paré comme une châsse, votre inséparable fusil sur l'épaule et pas de chiens ?

Bonté divine ! il sort sans ses chiens ! c'est la première fois, avouez-le. Oh ! monsieur Armand, monsieur Armand ! il se passe des choses extraordinaires en vous ! A propos ! et mon cousin, le vicomte de... de... de... l'avez-vous revu?

— Et moi, mademoiselle, puis-je vous adresser la même question ? demanda Armand en essayant de sourire à son tour.

— Moi ah ! bien oui ! j'étais partie aux noix ce matin vers six heures. Les Parisiens ne sont pas levés à cette heure, car ça dort-il un Parisien, mon cousin ! comment le trouvez-vous, monsieur Armand ? Mais que me veut-il, savez-vous ? Cela m'a trotté dans la tête toute la nuit. Vous ne devriez pas partir maintenant, monsieur Armand, car si M. le vicomte de (je ne me rappelle pas son nom) vient tantôt chez nourrice, ah ! j'aimerais bien...

La jeune fille hésita, et son front se nuança d'une pudique rougeur.

Elle baissait les yeux.

— Parlez, mademoiselle, dit Lejeune, anxieux.

—Eh bien ! reprit Aurélie, avec une certaine résolution, j'aimerais bien que vous fussiez de retour, à ce moment.

Le jeune homme trembla de joie, pâlit; puis, surmontant son émotion, il répondit d'un ton presque calme :

— J'essaierai donc d'être de retour, mademoiselle.

— Et si je vous offre cette jolie barbe de Notre-Seigneur Jésus-Christ que j'ai là à ma ceinture, ce sera certain, continua avec enjouement Aurélie, en lui montrant une odorante touffe de bédégar (nommé communément *barbe de Jésus-Christ*, en Bourgogne), qu'elle avait cueillie sur quelque églantier et fixée, au moyen d'une épingle, à son corsage.

— Donnez, donnez, mon amie ! s'écria Armand ravi.

— Je vous attendrai avant de recevoir le beau Parisien ? C'est entendu.

— Oui, je ferai tout mon possible pour revenir de bonne heure.

— Alors, voici, dit la jeune fille, qui détacha de son corsage la petite pelote de mousse parfumée, l'effleura coquettement de ses lèvres et la présenta à Armand.

Il reçut le présent avec un frisson de joie et l'ayant pris il le glissa sur son cœur.

— A bientôt donc ! lui cria Aurélie, se sauvant en riant.

—A bientôt ! répéta Armand.

Et ses yeux suivaient la gracieuse enfant, charmante avec son grand chapeau de paille qu'ornait une couronne de fleurs naturelles des champs, et sa robe de mousseline blanche, sur laquelle se jouaient, grappes pressées, les boucles de sa merveilleuse chevelure.

— Comme elle est belle ! comme elle est bonne ! comme je l'aime et comme je l'aimerai ! se disait le Sanguier de Villon, pendant qu'elle disparaissait, aussi légère qu'une sylphide, derrière les premières maisons du village. Ah ! puissé-je ne pas succomber dans ce duel avec ce misérable ! car, à présent, à mon tour, j'ai soif de vivre ! Je veux oublier le passé ! Je renais à l'existence, au bonheur ! Arrière les pensées de suicide ! Avec Aurélie pour égide, je défie la mort de m'attirer par ses fatales séductions. Et je la braverai, aujourd'hui, sûr que jamais la balle d'un ennemi ne me tuera, tant que j'aurai là, sur ma poitrine, le talisman qu'Aurélie vient de me donner ! Oui, oui, elle l'a dit, il me portera bonheur ! J'en ai le pressentiment... Cet homme... ce prétendu comte... car je ne sais pourquoi, malgré l'excellence de ses manières, je ne crois pas à son titre, moi !... Mais en route, une heure est donnée. Et il me faut trente ou quarante minutes pour gagner le lieu du rendez-vous....

Tandis qu'Armand se livrait à ces pensées enthousiastes en descendant de Villon vers la Charme-aux-Malades, un homme s'en approchait par le chemin de Maulnes.

Cet homme avait une casquette de velours noir, enfoncée sur les yeux, une longue blouse bleue qui lui tombait jusqu'aux mollets. Son visage était enfoui dans une épaisse barbe rousse. Un carnier lui battait le flanc gauche. Sous son bras droit, il tenait un fusil tout armé.

— Ma foi, se disait-il, j'ai eu une fière idée de loger cette blouse et cette barbe postiche dans ma carnassière. Qui reconnaîtrait sous ce déguisement, le chevalier François de l'Etang de tout à l'heure, et l'ami Coupe-Jarrets d'autrefois ? Bon... nous sommes arrivé. Prenons nos mesures.

Et Coupe-Jarrets se mit à examiner avec soin le terrain de la Charme-aux-Malades, sorte de grande pelouse, sur la lisière du bois. Quelques chênes, des ormes et des érables l'ombragent çà et là. Du côté de Villon on remarque une grande carrière abandonnée, hérissée de buissons épais.

Après une inspection minutieuse, Coupe-Jarrets se blottit dans l'un de ces buissons qui le cachait entièrement, sans l'empêcher de voir tout ce qui se passait sur la Charme.

Il y était à peine qu'Armand parut, et, presque en même temps, le vicomte de Longpré.

Les deux adversaires se saluèrent gravement.

— A soixante pas, n'est-ce pas, monsieur ? dit Hector.

— A soixante pas, soit ! Tenez, prenons ces deux chênes pour nous poster.

Entre eux ils mesurent à peu près la distance. Nous tirerons et ferons les mouvements qu'il nous plaira, jusqu'à ce que l'un succombe. Êtes-vous prêt ?

— Je le suis, allez ! dit le vicomte, jetant le cigare qu'il avait à la bouche.

Et il se plaça à côté d'un arbre vis-à-vis d'Armand, qui tournait le dos à Coupe-Jarrets.

Aussitôt, deux coups de feu partirent derrière Lejeune.

— Trahison ! je suis touché, s'écria-t-il.

Mais, en proférant ces paroles, il avait, avec l'instantanéité de l'éclair, élevé son fusil à la hauteur des épaules et déchargé l'arme sur le vicomte de Longpré, quoiqu'il fût aux trois quarts masqué par l'arbre.

Hector tomba à la renverse.

XI

TENTATIVE D'ENLÈVEMENT.

Cette scène tragique n'avait pas duré vingt secondes.

Ayant vu tomber son adversaire, Armand Lejeune se retourna. Un léger nuage de fumée, flottant encore au-dessus de la carrière, lui indiqua le lieu d'où l'on avait traîtreusement tiré sur lui. Il rechargea son arme et se précipita vers le buisson, au pied duquel brûlaient deux bourres. Armand inspecta le buisson, la carrière ; ils étaient vides. Avec son pied, il éteignit les bourres, les ramassa et les mit dans sa poche. Puis il porta la main à son cou, le long duquel le sang coulait en abondance.

— Ce n'est rien, dit-il ; la balle n'a fait qu'effleurer les chairs. Cependant, le misérable n'était pas loin..... cent mètres au plus...

Ses yeux se reportèrent alors vers le vicomte, qui vainement tentait de ressaisir avec la main gauche le fusil qui lui avait échappé dans sa chute.

— Si vous faites encore un mouvement, je vous tue comme un chien ! lui cria Armand, furieux du lâche attentat dont il avait failli être victime.

Et il se rapprocha du vicomte devenu immobile.

— N'est-il pas convenu, dit celui-ci d'une voix faible, mais qui s'efforçait encore d'être railleuse, n'est-il pas convenu que nous nous battrons jusqu'à la mort ?

— Je ne me bats plus avec un assassin ! proféra le Sanguier de Villon d'un ton méprisant.

— Assassin... qui vous prouve ?...

— Eh ! penses-tu que je sois ta dupe, que je l'aie jamais été, scélérat ! tu m'avais tendu un guet-apens !

— Manant ! s'écria de Longpré en se soulevant péniblement sur son bras gauche.

— Soit ! fit Armand après un moment de réflexion. Nous arrangerons cela une autre fois. Vous êtes blessé... j'aurais pu vous tuer, suivant nos conventions, comme vous dites, j'ai préféré vous casser l'épaule. Espérons que vous en reviendrez... et que la justice... Enfin, où faut-il vous faire transporter ? à Cruzy ? car il n'y a pas de chirurgien à Villon.

— Non, à Laignes.

— A Laignes, soit ! Voulez-vous que j'examine votre blessure ?... J'ai quelques connaissances chirurgicales, et si...

— Non, non, c'est inutile, monsieur, parfaitement inutile... Bien plutôt, faites-moi transporter à Laignes. Mais, auparavant, déchargez le coup droit de mon fusil... Vous direz que vous m'avez trouvé blessé sur la pelouse... et moi j'ajouterai que c'est un accident de chasse...Ah ! J'ai soif...

— Malheureusement, il n'y a pas d'eau aux environs.. Écoutez ! j'entends le roulement d'une voiture. Elle doit passer dans le chemin, à quelques pas. Je cours à sa rencontre.

Armand s'élança dans la direction du bruit, et revint bientôt accompagné d'une charrette que conduisait un paysan se rendant de Villon à Maulnes.

— Cent francs pour toi, mon brave, si tu veux me mener à Laignes, lui dit le vicomte.

Le paysan ouvrit de grands yeux.

— Cent francs ! C'est pas de refus, not' bourgeois ! Mais il y a une fière trotte d'ici Laignes ! Cinq lieues au moins ! vous serez tout aussi bien à Cruzy pour vous faire soigner.

— Mène-moi à Laignes, te dis-je.

On se hâta de faire une couche de menus branchages et de mousse sur la charrette. Hector y fut placé et Lejeune demanda au vicomte s'il désirait qu'il l'accompagnât.

— Non, répondit celui-ci. Nous nous reverrons quelque jour ; soyez tranquille, j'aurai ma revanche, ajouta-t-il à voix basse.

Puis élevant le ton :

— Adieu, monsieur, merci pour votre extrême complaisance et croyez à mon éternelle gratitude.

Armand retourna à Villon et la voiture se mit en route. Affaibli par une grande perte de sang, Hector ne tarda pas à s'évanouir, sans que le guide le remarquât, car il marchait à côté de son cheval. A moitié chemin de Villon à Maulnes, il rencontra un chasseur, élégamment vêtu, qui, de loin, s'informa s'il aurait aperçu son camarade.

— Pardi ! répondit le paysan, c'est peut-être ben ce monsieur que j'ai là dans mon charretin.

— Comment çà ? fit le chevalier François de l'Étang en s'avançant.

— Ah ! mon Dieu ! mon ami ! Que lui est-il arrivé ? dit-il à la vue du blessé.

— A ce qu'il paraît que son fusil a accroché une branche... c'est ce que m'a raconté M. Armand... fit le paysan.

—Mais il est mort! arrêtez votre voiture! reprit Coupe-Jarrets, remarquant qu'Hector ne faisait pas un mouvement.

— Mort! ça se pourrait-il? dit le villageois. C'est qu'il m'a promis cent francs, le particulier... Je voudrais pourtant pas les perdre...

— Bon! bon! on te les donnera. Laisse-moi monter près de lui, je crois qu'il respire.

— Du moment que vous payerez, bourgeois, vous pouvez monter. Quand y a de la place pour un, y en a pour deux, comme dit l'autre. Hue donc, la grise!

Coupe-Jarrets sauta dans la voiture, et, sous prétexte de rappeler « son ami » à la connaissance, il fouilla ses poches, déroba ses papiers, un trousseau de clefs et sa bourse, à l'exception de cinq cents francs, en billets de banque, que par un remords de conscience il laissa en possession du blessé.

Ensuite, il dit au conducteur :

— Décidément, mon garçon, ta charrette va trop lentement pour moi. Cependant, ne presse point le pas; les cahots font mal à mon pauvre ami; car il est seulement évanoui. Je vais prendre les devants et lui faire préparer un lit... Aies-en bien soin. Tiens, voici pour toi.

Et, s'élançant hors du véhicule, il lui jeta royalement un double louis, et s'enfonça dans le bois, mais du côté de Tonnerré.

Le paysan était trop enchanté de cette nouvelle aubaine qui venait de lui échoir pour remarquer cette contradiction. Il arriva à Laignes vers six heures du soir. Le blessé n'avait pas repris ses sens. Il va sans dire qu'on ne l'attendait pas, qu'on ne lui avait apprêté aucune chambre. Il fut descendu à l'hôtel Colin, et l'excellent docteur Mauris lui donna aussitôt ses soins. Il reconnut que la balle avait pénétré au-dessous de la clavicule gauche, en lésant l'apophyse-acromion de l'omoplate et était ressortie, sans presque dévier, derrière l'épaule. Quelques pouces plus bas, la blessure eût été mortelle; en cet endroit, elle avait un caractère grave, dangereux; mais à moins d'épanchement interne, on pouvait espérer la guérison.

Voilà ce que déclara le docteur Mauris à son patient, quand celui-ci eut recouvré sa connaissance.

— Et c'est le résultat d'un accident de chasse? fit-il, en fixant sur Hector un regard scrutateur et sévère.

— Hélas! oui, monsieur, soupira le malade.

Le médecin haussa légèrement les épaules. Il n'était pas dupe de ce mensonge.

— En aurai-je pour longtemps? demanda Hector.

— Deux ou trois mois au moins, s'il ne survient pas de nouvelles complications, dit le praticien en se retirant.

Le paysan attendait son payement. De Longpré le fit entrer dans sa chambre.

— Merci, pour le service que vous m'avez rendu, mon ami, lui dit-il. Au lieu de cent francs que je t'avais promis, tu en auras cent cinquante.

— Vous êtes ben bon, not' bourgeois; mais votre associé m'a déjà donné un louis de quarante francs.

— Quel associé? Que veux-tu dire?

Le villageois lui conta la rencontre qu'il avait faite. Au portrait de l'homme, le vicomte reconnut Coupe-Jarrets. Tout à coup, il soupçonna le vol dont il avait été victime.

— Cherche dans la poche du côté de mon paletot de chasse, dit-il.

Le paysan tira son portefeuille.

— Ouvre-le, continua le vicomte.

L'autre étala sur le lit les cinq billets de cent francs, tout ce que contenait le portefeuille.

— Ah! je m'en doutais, murmura Hector. Le gredin!... C'est bon. Prends cent francs. Plus tard je te donnerai le reste. Tu me retrouveras ici.

Aussitôt, Hector fit écrire à madame Olympe du Val de le venir voir. La jeune femme arriva, en poste, le surlendemain. Le vicomte avait la fièvre. Il délirait. Elle le veilla avec la sollicitude d'une mère, l'amour d'une épouse. Pendant plus de six semaines, Hector fut dans une position désespérée. La vigueur de sa constitution, jointe aux efforts de l'art, triomphèrent enfin de son état morbide. Olympe qui s'était fait admirer pour son dévouement au blessé, pour sa piété, retourna à Paris. Mais, avant de partir, il avait été convenu entre elle et de Longpré que ce dernier irait passer à Châtillon le temps de sa convalescence et que, s'il ne pouvait séduire Aurélie, il tenterait de l'enlever par la ruse ou la force.

— N'oubliez pas, mon bien-aimé, qu'elle héritera de dix-huit cent mille francs, avait dit l'hypocrite créature, en quittant Hector.

— Je n'oublie ni ces dix-huit cent mille francs, ni ma vengeance, répondit sourdement le vicomte. Mais tâche que je ne manque pas d'argent.

— Tu auras tout ce que tu voudras!

De Longpré se rendit à Châtillon vers la fin de novembre. Sauf une grande rigidité dans l'épaule et le bras gauche, il souffrait peu de sa blessure.

Les vacances étaient terminées et Aurélie était rentrée à son pensionnat depuis la fin d'octobre. Le vicomte se présenta à la pension.

Il comptait beaucoup sur ses attraits personnels et sur son air souffrant pour impressionner la jeune fille. Mais elle était prévenue, quoique d'une manière indirecte, par Armand. La porte du pensionnat lui fut refusée. Il suivit la jeune fille, aux jours de promenade, sur la Dwi, au cours Labbé, à l'église de Saint-Vorles, il loua un banc vis-à-vis de la chapelle où les élèves venaient entendre les offices divins. Peines perdues.

Une domestique du pensionnat gagnée par le vicomte glissa un billet à Aurélie. Le billet ne fut pas décacheté et l'on congédia la domestique.

Sur ces entrefaites, arriva le mois de janvier. Le vicomte, irrité par les obstacles, s'était sérieusement épris d'Aurélie. Il résolut de profiter de l'époque des étrennes pour tenter un enlèvement.

Aurélie comptait parmi ses meilleures amies, une pensionnaire de son âge, fille de M. C***, l'un des intendants du château de Châtillon. Ce château, ancien domaine de la famille du maréchal Marmont, est entouré par un parc magnifique, dans lequel s'élèvent divers pavillons isolés les uns des autres. La famille de l'amie d'Aurélie logeait dans l'un de ces pavillons, près d'une garenne non clôturée. Aux vacances du nouvel an, notre héroïne alla passer deux jours chez les parents de mademoiselle C***. On lui donna une chambre qui ouvrait sur la garenne. De Longpré obtint ce renseignement à prix d'or. Il acheta une berline, deux chevaux et les services de l'un de ces misérables comme il s'en trouve partout.

Dans la nuit du 2 au 3 janvier, la voiture stationnait dans le chemin qui longe la garenne. Monté sur le strapontin et déguisé en cocher de bonne maison, le complice d'Hector tenait les guides.

Celui-ci, muni d'une échelle, cachée à l'avance dans les environs, et d'un diamant de vitrier, s'avance vers le pavillon où repose Aurélie : sa chambre est au premier. A la fenêtre pas de volets, pas de persiennes. La nuit est des plus sombres. Hector dresse son échelle ; il va grimper, comptant sur sa force pour enlever la jeune fille, en la roulant dans une couverture de lit afin d'étouffer ses cris, mais à peine a-t-il le pied sur le premier échelon qu'une main puissante s'abat lourdement sur son épaule.

XII

UN DINER CHEZ ARMAND.

Le 1er mai, vers midi, il y avait grand mouvement chez le Sanguier de Villon. Sa ménagère ne savait où donner de la tête ; son domestique était sur les dents.

La chambre d'Armand avait été transformée ; les tableaux époussetés, les glaces, les carreaux soigneusement lavés ; le plancher gratté jusqu'au vif, la table décrassée, les chaises rempaillées, les rideaux de l'alcôve recousus, tout enfin respirait, ce jour-là, dans la maison du jeune homme, un air de propreté, j'allais dire de confort, complétement inusité.

Des pots remplis d'aubépines en fleurs, de roses des champs et de giroflées, ornaient la tablette du secrétaire et celle de la commode, et remplissaient l'appartement des plus douces senteurs.

Au dehors, dans la cour, même métamorphose. On avait comblé de cailloux, puis sablé la mare qui stagnait devant la porte. Un chemin également sablé était pratiqué entre les granges et les murs de l'habitation : les instruments aratoires, les charrettes, les voitures, les tombereaux bien alignés et bien préparés, donnaient à la ferme un aspect d'aisance, auquel elle n'était, certes, pas accoutumée.

Disons, pour achever l'esquisse de ce changement si radical dans les apparences de la propriété du Sanguier de Villon, que son verger avait aussi reçu une grande part d'attention : les arbres convenablement taillés et émondés étaient chargés de fleurs aussi blanches que des flocons de neige, et dont les pénétrants parfums embaumaient l'atmosphère.

Vraiment, cette révolution plaisait autant à l'œil qu'à l'odorat.

Il n'y avait pas jusqu'à la volaille qui n'eût, elle aussi, sa mine de fête.

En rentrant à l'intérieur du logis, nous connaîtrons bien vite la cause d'une pareille réforme.

Écoutez la femme de ménage d'Armand, laquelle, tout en surveillant une demi-douzaine de *coquelles* chantant devant le feu, babille avec Louis le domestique, occupé à ranger encore quelques ustensiles qui *traînaient* de côté et d'autre.

— Crois-tu, m' fieu, qu' c'en est un r'tour qui ai fait not' monsieur Armand? disait-elle. C'te jeune créature, elle l'ont ensorcelé. De fait, qu' c'est un bien pour un maux. Y va pus à la chasse comme aut' foës ; y boi pus son iau d' vie ; y est rangé ; ma y surveille ses affaires ; y d'vient intaressé. J' l'aurions jamais cru...

— Intéressé, M. Armand! Ah! la mère Carteron, vous ne dites pas vrai!

— Tu croës ça, toi ? Ben, dà! j' savons c' que j' savons... Après tout, c'est son bien, son prop' bien qu'y mangeait, c' garçon. V'là tout d' même qu'y va s' marier. Qu'est-ce que t'en dis, toë?

— Moi, mère Carteron, je dis que son mariage n'est pas encore fait. M. Armand aime sa liberté...

— Sa libarté! Mais, mon gachenot, c'est pas c'te p'tite, à la Brugnot... qui y volerai. On sait pas seulement si ai un père...

— Voulez-vous vous taire ! Voulez-vous vous taire !

— Enfin, c'est mystarieux, ben mystarieux, tout cé ! l'père qu'on n' voe jamais... et eune mère...

— Mauvaise langue, va!

— Mauvaise langue, moé ! fit la vieille femme avec indignation. J' disons c' que j' savons, v'là tout... Allons, dresse-leux-y le couvert! V'lé mon rôti qui brûlons. Y sont treize è table. Un vilain compte.

— Treize ! Comment ça ? demanda Louis.

— Oui, treize, m' fieu. Y ai moë et toe d'abord, ça fait deuse, puis la mère Brugnot et ses enfants, troisse ; sa sœur et son homme, cinq ; leurs quatre-z-infants itou, neuf ; monsieur l' curé, dix ; not' monsieur et le Parisien, douze ; l'inspecteux des iaux et forêts, treize, juste comme de l'or. Ma je n' me mettrons point è table. Ça porterôt malheux à tout l'monde. Tout d'même qu'c'en s'rai une fête ! Not' monsieur y ai tout mis sens sus d'sous. Des pigeons, des canards, un m'ciau d'veau, un lapin d'garenne, et c'te poisson qu'y ai été qu'rir à Commissey. Qué fricot, mein Dieu ! mein Dieu ! J'en avons pas évu autant à not' noce : eune belle noce, pompante, eh ! Louison !

— Tiens, les chiens qui aboient, dans la cour, c'est monsieur Armand, dit le domestique en jetant un coup d'œil par la fenêtre.

— Faut préparer l'bouquet, s'écria la ménagère.

Et saisissant, en un coin, une énorme touffe de fleurs sauvages, liées avec des brins de foin, elle se précipita vers la porte.

— Monsieur, j'vous souhaitons ben des choses ! dit-elle, en offrant sa gerbe de fleurs à Lejeune, qui arrivait, un paquet sous le bras.

— Merci, mère Carteron, merci, fit-il avec effusion. Vous savez donc aussi que c'est aujourd'hui l'anniversaire de ma naissance ?

— Si j'lé savons, not' monsieur !

— Allons, je vais vous embrasser, continua-t-il en souriant et l'accolant sur les deux joues.

La ménagère rougit de plaisir.

— Et moi, monsieur, reprit Louis qui se présentait dans l'embrasure de la porte, je forme pour votre santé et votre prospérité les souhaits...

— Merci, mon brave, merci ! Voici pour la mère Carteron et voici pour toi.

Avec ces mots, il tirait de son paquet une belle robe de laine à ramage et une montre avec chaîne d'argent.

— Les deux serviteurs poussèrent des cris de joie.

— Allons, tout est-il près ? continua Armand. Nos convives vont venir. J'espère que la maman Carteron s'est distinguée. Mets un chaudron sur le feu, tout de suite, car le meunier de Commissey m'a donné une anguille qui nous fera une matelote délicieuse avec les truffes que Louis a rapportées hier. A l'œuvre, mes enfants ! à l'œuvre !

Pendant que la ménagère exécutait ses ordres, le Sanguier de Villon dépouillait une magnifique anguille. Avec la prestance et la rapidité d'un cuisinier consommé, il la coupa ensuite par tronçons ; il la précipita, accompagnée d'oignons, sel, poivre et petits dés de lard, dans la graisse brûlante. Une bouteille de bon vieux vin arrosa le tout. On y ajouta deux livres de truffes blanches nouvelles, et Armand Lejeune passa dans sa chambre à coucher pour faire un « brin de toilette ».

Comme il en sortait, vingt coups de fusil retentirent dans la cour. C'était les invités qui arrivaient et célébraient, avant d'entrer, l'anniversaire de la naissance de leur hôte.

Ils étaient huit. Parmi eux on remarquait Aurélie Petit, tremblante d'émotion et donnant le bras à sa nourrice. A la ronde, on embrassa Armand. Quand ce fut le tour de la jeune fille, elle devint cramoisie comme les roses qu'elle tenait à la main. La mère Brugnot fut obligée de la pousser doucement vers Armand, dont le cœur battait fort aussi. Il la baisa chastement au front, et mit à sa boutonnière le petit bouquet qu'elle lui offrait.

XIII

L'INCENDIE DE VILLON

Il était environ sept heures. Le soleil couchant plaquait d'or le magnifique paysage forestier qui se déroulait derrière le verger d'Armand Lejeune. Le verger, entouré d'un mur croulant, tapissé de lierre, dominait ce vaste horizon.

Au pied du mur, serpentait un étroit sentier.

La jeune fille était tournée de ce côté. Armand, surpris, y jeta ses regards. Mais, quoique le mur fût peu élevé, il ne découvrit rien d'étrange, rien qui motivât le cri et le mouvement d'épouvante de sa compagne.

L'on n'entendait que les fraîches voix des villageois, qui dansaient à quelques pas la vieille ronde bourguignone :

Avant que de nous quitter
Il faut chacun contenter ;
Contenter, la chose est belle,
Entrez-y, mademoiselle.
Faites un tour,
A l'entour, etc.

— Qu'y a-t-il ? Qu'avez-vous ? Pour l'amour de Dieu, répondez, Aurélie ! demanda le jeune homme d'une voix altérée, en reportant les yeux sur elle.

— Il m'avait semblé...

— Quoi ?

— Ah ! je suis folle !... folle ! répéta-t-elle en souriant ; mais d'un accent qui démentait le sens qu'elle voulait imprimer à ses paroles.

— Vous avez vu quelque chose... parlez ?

— Ce n'est rien, je vous jure... Je m'étais imaginée...

— Eh bien ?

— Vous vous moquerez de moi, mon bon ami.

— Me moquer de vous ! Oh ! pouvez-vous penser...

Monseigneur était à son poste d'observation. Page 56.

— Vous ne me gronderez pas? dit-elle d'un ton adorable, en s'appuyant au bras d'Armand.

— La méchante ! s'écria-t-il gaiement.

— Figurez-vous que j'avais cru voir la tête de cet homme...

— Quel homme ?

— Le vicomte... par-dessus la brèche qui est là ! repartit Aurélie, indiquant du doigt une portion ébranlée du mur de clôture.

— Le vicomte ! le meurtrier ! s'écria Armand, se précipitant vers l'endroit désigné.

D'un bond, il franchit le mur. Mais l'on ne voyait personne. Lejeune chercha dans les environs, fouilla les buissons. Ses investigations furent sans résultat. Il revint près d'Aurélie.

— Vous vous serez trompée, mon amie, lui dit-il.

— Oh ! sans doute, fit-elle en riant. Ce n'est pas la première fois que je me figure voir cet homme... Depuis la scène du château de Châtillon surtout, il m'apparaît...

— Soyez tranquille, Aurélie ; il ne reviendra pas ici... Il n'oserait ! dit Armand, d'un ton sombre. Puissé-je rencontrer...

— Ne parlez pas ainsi, vous me faites peur...

— Si cependant, reprit le jeune homme, en réfléchissant...

— Mais non ; mais non ! Ce n'est pas lui, ce n'est pas lui...

— Je vais appeler mes chiens. Louis les a enfermés aujourd'hui à cause du monde que nous avons. Je les entends qui aboient. Il doit se passer quelque chose d'insolite... Je cours leur ouvrir. Me le permettez-vous ?

— Non, monsieur, dit Aurélie, avec un mouvement de ravissante coquetterie ; non, je ne le permets pas. Nous allons retourner à la danse. On a dû remarquer notre absence...

— Mais tout le monde peut nous voir !

— Allons ! venez ! je le veux !

Armand céda, quoique à contre-cœur. Il aimait tant Aurélie ! Pour lui les moindres désirs de la jeune fille étaient des ordres. Il se sentait si heureux, si fier de voir son amour écouté, compris. De vives joies gonflaient son cœur ; de si brillantes espérances allumaient leur flambeau dans son esprit ! Aurélie lui avait fait l'honneur de s'asseoir à sa table, jugez donc ! Mon Dieu ! mon Dieu ! comme il l'aimait ! Le jour, d'ailleurs, n'était pas loin où un prêtre bénirait leur hymen. Ne le lui avait-elle pas juré ? N'était-ce point pour lui qu'elle demeurait à Villon, depuis les vacances de Pâques, après avoir déclaré qu'elle avait pris la résolution de ne plus retourner au pensionnat, à moins que son « oncle, M. Petit, » ne l'exigeât ? Et l'on n'avait aucune nouvelle directe de « M. Petit ». Quoiqu'il eût promis, par l'organe de son notaire, maître Morlot, de bientôt venir à Villon. Ce bientôt semblait bien loin, à l'impatient Armand. Il avait résolu de l'accélérer, ou plutôt d'avancer, de façon ou d'autre, le moment de son bonheur. Il voulait, en un mot, aller à Paris, voir maître Morlot, au défaut de « M. Petit ». C'est pourquoi, tout en se rapprochant des groupes, il dit, d'une voix très-émue, à Aurélie :

— Laissez-moi ,mon amie, vous demander une faveur.

— Accordé ! répondit la jeune fille, avec son plus coquet sourire.

— Je voudrais partir pour Paris.

— Pour Paris ! fit-elle en pâlissant.

— Oui, je voudrais voir votre tuteur.

— Mais il n'est pas à Paris, vous le savez bien.

— Son représentant y est, lui ?

— Sans doute... Mais pourquoi ?

— Pourquoi ? O Aurélie ! s'exclama-t-il avec un accent de doux reproche.

La jeune fille devina.

— Alors ?... commença-t-elle.

— Vous ne vous y opposez pas ?

— Mieux que moi vous savez, mon ami...

Armand l'embrassa.

— Bravo ! bravo !... les enfants ! s'écria la mère Brugnot qui avait surpris ce baiser.

— Je partirai cette nuit, reprit Armand.

— Cette nuit ? sitôt, mon Dieu !

— Oui, et dans trois jours je serai revenu.

— Si vous pensez que ce soit nécessaire, dit-elle d'un ton rêveur. O Armand ! j'ai confiance en vous. Ne trompez pas la pauvre orpheline, qui vous aime de toute son âme. Rapportez-moi des nouvelles de mon oncle, je vous en conjure... Mais partir... partir.— Elle se serrait contre lui... — Oh ! j'ai de cruels pressentiments... Cependant ce que vous allez faire là est bien... je vous en remercie, monsieur Armand... Le long silence de mon oncle me navre... Mais revenez bientôt... Vous reviendrez, n'est-ce pas ? Venez ; j'ai envie de pleurer...

De grosses larmes roulaient lentement sur les joues de la jeune fille.

— Eh ! la p'tiote ! une dernière ronde et on s'en va ! V'là la nuit qui tombe, cria la mère Brugnot. Celle-là t'ai tu feras avec not' Jacques, ton frère de lait, t'y dois ben çà... Moé j'empoigne monsieur Armand, et, en avant, l'violoneux !

La danse finale ne fut pas moins animée que les précédentes. Puis on se sépara après s'être embrassé cordialement. Jacques ramena Aurélie à la maison de sa mère, tandis que le Sanguier de Villon partait pour Tonnerre où il devait prendre la diligence pour Paris.

En rentrant, Aurélie vit ou crut voir la silhouette d'un homme qui rôdait près de la chaumière de sa nourrice, située rue du Four. Cette vision l'effraya. En se reculant elle fit un faux pas et se foula le pied. Cependant elle put gagner son lit. La mère Bugnot lui bassina la partie endolorie avec de la saumure et se coucha en disant :

— Ça ne s'ra ran, fillette !

Mais le lendemain, le pied était enflé.

Jacques partit vers midi pour chercher un médecin à Cruzy. Une heure après la nourrice, qui n'avait pas grand'confiance aux *artisses*, alla quérir des simples dans la forêt.

A ce moment de la journée, il y avait peu de monde au village. On était aux champs. Aurélie, en proie à la fièvre, se trouvait seule à la maison, le reste de la famille Brugnot étant occupé à des travaux extérieurs.

Alors éclata soudain, dans Villon, un effroyable incendie qui réduisit en cendres cette malheureuse localité.

Il me souvient avoir, à quatre lieues de distance, aperçu des torrents de flammes et de fumée, lesquels s'élançaient du plateau de Villon, comme d'un immense cratère, tourbillonnaient sur le Tonnerrois où ils répandaient partout la surprise et la consternation.

Je pourrais faire la description du sinistre, mais je préfère beaucoup mieux emprunter à la plume fidèle, autant que colorée, de M. E. Lambert, témoin sur lieux de cet horrible spectacle, le tableau saisissant qu'il en a tracé dans *l'Annuaire de l'Yonne :*

« Vers deux heures de l'après-midi, le feu se déclara dans une maison de la rue du Four, à quatre-vingts mètres environ de l'église, et se propagea avec une rapidité telle qu'en un instant tout un côté du village fut embrasé et qu'il devint impossible de songer à éteindre l'incendie ou même de le circonscrire. Mais au moins, on pouvait conserver l'espoir que le vent qui soufflait avec une extrême violence protégerait ainsi toute la partie du village située au nord, quand il vint à changer brusquement de direction et à chasser les flammes sur les maisons qui bordaient la route. En un clin d'œil, Villon ne fut plus qu'un immense brasier, qu'alimentaient de nombreuses couvertures en chaume ; le clocher de l'église lui-même fut atteint et la charpente à demi consumée de la flèche croula avec un horrible fracas sur le portail, entraînant dans sa chute le beffroi et les cloches que la chaleur incandescente avait à moitié réduites en fusion.

« Un grand nombre de flammèches furent emportées par le vent à plusieurs kilomètres de distance, et beaucoup de personnes ne furent averties de l'incendie que par ces mêmes flammèches noirâtres qui tombaient çà et là.

« Mais c'est le lendemain surtout que le village présentait un aspect affligeant. La veille encore, pendant les ravages du terrible fléau, le pétillement de l'incendie, l'horrible craquement des charpentes, qui s'abîmèrent au milieu des tourbillons de flammes, les cris tumultueux, le mouvement de la foule, avaient répandu une certaine animation sur le désastre ; à cette heure, on ne voyait plus que des visages noircis ou brûlés, d'un aspect lamentable ; on n'apercevait partout que des murailles crevassées, des débris fumants et calcinés ; une odeur infecte, nauséabonde prenait à la gorge et forçait à s'éloigner .

« Du sein de toutes ces ruines ne s'élevaient ni pleurs, ni gémissements. La douleur de chacun était morne et concentrée. Çà et là on pouvait découvrir un coin de masure, une pauvre vieille qui fouillait, l'œil sec et hébété, les cendres brûlantes de sa chaumière, espérant y trouver les restes de son modique mobilier.

« En voulant échapper à cette scène de désolation, dont nous fûmes nous-même témoins, nous dirigeâmes nos pas vers l'église ; mais là encore, nous devions assister à un spectacle navrant ; un modeste cortége de parents et d'amis conduisaient au champ du repos, trois malheureuses femmes qui, étouffées sous les débris de leurs maisons, étaient mortes victimes de l'incendie.

« Sur deux cents maisons que comptait le village, cent quatre-vingt-douze furent complétement détruites... »

. . . .

Parmi les victimes de l'inexorable fléau, on citait Aurélie Petit. Mais son cadavre n'avait pu être retrouvé sous les décombres de la chaumière qu'elle habitait avec sa nourrice. Quelques personnes prétendaient aussi qu'au commencement de l'incendie, un homme, barbouillé de noir, étranger à la localité, avait pénétré dans la chaumière et qu'il était bientôt ressorti, en emportant un fort paquet sur les bras.

TROISIÈME PARTIE

I

UNE ARRIVÉE IMPRÉVUE.

Il y avait là :

Charles Ricque *alids* Charlesris ;

Petit-Jean Serrebourse ;

François dit Coupe-Jarrets;

Joseph dit Serrurier;

Lucien dit Videpot ;

Baptiste dit Le Borgne.

Tout à coup, un bruit de pas lourds, un grincement de ferrailles résonnèrent ; puis, lentement, en criant âprement, la porte roula sur ses gonds.

— *L'oncle* (1) et le *comte de la Garuche* (2) ! fit Charles Ricque.

— C'est un *sinve*(3) qu'on amène sur *les jones* (4), souffla Baptiste.

— Eh ! c'est Monseigneur ! exclama Videpot en se découvrant.

— Veux-tu *serrer ta pantière* ou *dévider le jai* (5) ! répondit Joseph, d'un ton irrité.

Le père Petit-Jean avait tressailli et s'était dressé, comme mu par un ressort, sur son lit de camp en murmurant :

— Lui ! ce serait lui ! Ah ! il y a une justice au ciel !

Coupe-Jarrets qui l'observait lui décocha un regard haineux et acéré comme une flèche.

Cette scène se passait en l'une des salles de la maison d'arrêt de Dijon, située au fond d'une impasse, dans le carrefour formé par l'embranchement des rues Sainte-Madeleine et de l'Ecole-de-Droit. Ses hautes et sombres murailles sont tristes comme la destination à

(1) Concierge des prisons.
(2) Geôlier.
(3) Niais.
(4) En prison.
(5) Fermer la bouche ou parler argot.

laquelle est affecté le lugubre bâtiment, remarquable pourtant au dehors par une jolie porte avec tailles saillantes, coupées vivement et d'un caractère fort artistique.

A l'entrée, le greffe et la cuisine, dont les fenêtres grillées, avec soin, ouvrent sur un vaste préau quadrangulaire, entouré par les loges et les ateliers des détenus. L'appartement du gardien en chef, M. Lapostolet, donnait aussi sur ce préau, de l'autre côté duquel se trouvent une petite cour et quelques chambres, pour les pistoliers, les prisonniers politiques et les dettiers. »

Une chapelle séparait, au rez-de-chaussée, les deux catégories de la prison. Au-dessus de cette chapelle, il y avait plusieurs pièces, dont l'une regardait la rue de l'Ecole-de-Médecine.

Cette rapide description des lieux m'a paru nécessaire à l'intelligence de ce qui va suivre.

Il était six heures du matin quand s'ouvrit la porte de nos bandits.

On entrait dans le mois d'octobre ; le jour commençait à peine. Le gardien en chef de la conciergerie parut le premier sur le seuil de la salle.C'était un homme d'une taille et d'une force herculéennes. Tout le monde l'a connu à Dijon où il jouissait de l'estime générale. Après un coup d'œil pour s'assurer que tout était dans l'ordre, M. Lapostolet poussa devant lui un individu, menottes aux poignets, derrière lequel se tenaient deux gendarmes et un porte-clefs. Le désordre de ses vêtements, couverts de boue et de sang, ne se pouvait comparer qu'à l'altération de son visage maculé, déchiré, presque méconnaissable.

Pour les familiers, cependant, il n'y avait pas à se méprendre sur son individualité. Aussi Videpot ne s'y était-il pas trompé : c'était Monseigneur, le chef de la bande Charlesris.

Et,bien que les prisonniers affectassent une complète impassibilité, après une seconde de reconnaissance plutôt instinctive que raisonnée, le directeur de la maison d'arrêt ne se trompa pas non plus sur la valeur de la capture qu'on lui amenait.

— Tiens ! tiens ! je me doutais, parbleu, que mes drôles avaient un chef plus sérieux que cet idiot de Charles Ricque, à qui l'on fait une réputatiou ridiculement exagérée ! se disait-il en refermant la porte du cachot où il avait claquemuré le prisonnier.

Sans rien dire, et dans la pénombre, celui-ci alla se jeter sur le lit de camp où chacun, en silence, s'empressa de lui faire place. On savait qui il était mais on n'osait lui parler. A sept heures, un gardien ordonna aux prisonniers de se lever pour se rendre aux ateliers. Tous furent bientôt prêts et le suivirent sans échanger une parole à l'exception du nouveau venu qui dormait ou paraissait dormir profondément.

A neuf heures, ils rentrèrent portant une gamelle de soupe, où, dans de l'eau claire, nageaient quelques haricots desséchés. Lui n'avait pas bougé sur sa couche.Il avait le visage tourné contre la paille du lit de camp.

— Pas riche, la *jafle* (1), dit Coupe-Jarrets en plongeant sa cuiller de bois dans la gamelle.

— Ni *suin*, ni *pétard* (2), ajouta le Borgne.

— Pas même de *vestiges* (3) ! continua Serrurier.

— C'est à dégoûter du métier, reprit Coupe-Jarrets. Comme si le gouvernement n'était pas tenu de nous nourrir !

— Moi,avec un peu de *pianche* (4) ou d'*eau d'af* (5), dit Videpot...

— Prends garde, tu vas scandaliser ce vieux *friquet* (6) de Petit-Jean ! interrompit Coupe-Jarrets avec un geste menaçant à l'adresse du père Serrebourse.

— Oh ! v'là le *meg* (7) qui est là ; il doit avoir son redoublement de fièvre (*peur*).

— Chut ! répondit François, en posant le doigt sur sa bouche, *on jaspinera à la profonde* (8). Veillez au grain, il y a des *loches sur le pont* (9).

Et d'un geste discret il indiquait un surveillant qui les observait.

A dix heures,ils repartirent à leurs ateliers. Puis on vint chercher le nouvel incarcéré pour le conduire au greffe. Son examen ne fut pas long. Il refusa absolument de répondre aux questions du procureur du roi.

— Il faudra le faire déferrer et le mettre au cachot, dit celui-ci à M. Lapostolet, en quittant la conciergerie.

— Au cachot ! non, monsieur, je vous prie, car ou je me trompe grandement ou nous avons en main un gibier rare.

Le gardien en chef se rapprocha du magistrat et lui parla un instant à l'oreille.

— Vous croyez ?

— J'en répondrais sur ma tête.

— Allons, allons, monsieur Lapostolet, vous êtes aussi fin que fort, je m'en rapporte à vous.

Et voilà pourquoi, débarrassé pourtant de ses menottes, l'inculpé resta dans la même salle que Charlesris et ses compagnons.

Avant l'arrivée du premier, la bande fameuse attendait, dans l'abattement, la fin du procès qui la conduisait sur les bancs de la justice. Seul,Charles Ricque ou Charlesris subissait un nouveau jugement, du tribunal

(1) Grasse soupe des prisonniers.
(2) Haricots.
(3) Légumes de prison.
(4) Vin.
(5) Eau-de-vie.
(6) Mouchard.
(7) Chef.
(8) Causerie dans les ténèbres.
(9) Oreilles qui écoutent.

de Châtillon-sur-Seine en date du 1er mars 1844, le condamnant, en récidive, à trois années d'emprisonnement (1). Les autres étaient tous plus ou moins criminellement inculpés. Leur affaire s'instruisait. On les avait tous réunis en une même chambrée pour qu'ils se vendissent mutuellement. Mais dès le soir de cette mémorable journée, ils avaient repris le courage avec l'espérance, en retrouvant leur chef.

Audience publique du tribunal de première instance de Châtillon-sur-Seine, siégeant en police correctionnelle, du vendredi 1er mars 1844.

MM. Laperouse, chevalier de l'ordre de la Légion d'honneur, président; Antoine et Picard, juges; Baudouin, procureur du roi et Junot, commis-greffier.

N° 49. Entre M. le procureur du roi, demandeur;

Et Jean-Baptiste-Charles Ricque, âgé de 47 ans, manouvrier, ancien berger, né à Villefargeau (Yonne), sans domicile fixe, actuellement détenu dans la maison d'arrêt de Châtillon-sur-Seine, défenseur assigné et comparaissant.

La cause appelée, M. le Procureur fait l'exposé de l'affaire et requit à ce qu'il fût procédé à l'audition des témoins.

Le prévenu Ricque a été interrogé et a avoué tous les faits qui lui sont imputés, à l'exception de la coupe de peupliers du sieur Hugo de Nicey; il a également nié avoir tiré un coup de pistolet sur le sieur Paupic, garde forestier à Aisey, observant qu'il le lui a seulement montré pour l'effrayer et le faire lâcher prise...

. . . .

Attendu qu'il résulte de l'instruction et des débats :

1° Que Jean-Baptiste-Charles Ricque a, dans le mois de septembre 1842, frauduleusement soustrait dans une écurie, sise à Poinçon, une vache appartenant à Nicolas Guttin-Coffinet;

2° Qu'il a, pendant le même mois, dans un jardin sis à Nicey, soustrait frauduleusement à l'aide de sacs et paniers, et pendant la nuit, une certaine quantité de haricots;

3° Qu'il a, en octobre 1841, à Cerilly, soustrait frauduleusement une bâche de toile au préjudice d'un propriétaire inconnu;

4° Qu'il s'est, dans la nuit du 24 au 25 octobre 1843, évadé par bris de prison, de la maison d'arrêt d'Ancy-le-Franc, où il se trouvait légalement déposé;

5° Qu'il a, le 1er décembre 1843, à Aisey, menacé verbalement de mort le sieur Huguenin, maire de Nod-sur-Seine;

6° Qu'il a, le même jour, brisé un carreau d'entrée au domicile du sieur Georges Guenin, cabaretier à Aisey;

7° Qu'enfin, le même jour, et au même lieu, il a résisté avec violences à des officiers de police judiciaire.

Attendu que ces divers délits sont prévus et punis, savoir :

Le vol de la vache et celui de la bâche, par l'article 41 du Code pénal;

Le vol de haricots et de choux;

L'évasion avec bris de prison;

Les menaces de mort, etc., etc.;

Attendu qu'il est établi que Ricque a été condamné pour plusieurs crimes de vols, aux travaux forcés à temps, par un arrêt de la cour d'assises de la Côte-d'Or, du 9 février 1829, qui a reçu son exécution; qu'il se trouve par conséquent en état de récidive, et que les peines par lui encourues ne peuvent être au-dessous du maximum, attendu qu'il est de plus établi que par l'arrêt de la cour d'assises de l'Yonne du 16 août 1843 Ricque a été condamné à douze années de travaux forcés, pour un nouveau crime de vol;

Que cette condamnation, se trouvant postérieure aux trois délits de vols commis par Ricque en septembre et octobre 1842, absorbe les peines moins fortes qu'il a encourues par ces délits;

Par ces motifs :

Le Tribunal, après en avoir délibéré, déclare Jean-Baptiste-Charles Ricque convaincu : 1°, etc., etc., qu'il n'y a pas lieu de prononcer aucune peine contre ledit Ricque relativement aux trois premiers chefs; le condamne, pour délit d'évasion, à un an d'emprisonnement, qui ne se confondra point aux peines antérieures prononcées contre lui; le condamne, pour les cinquième, sixième et septième chefs, à deux ans de prison et 300 francs d'amende. Le condamne enfin aux dépens liquidés à 67 francs 5 centimes. Le tout en exécution des articles.

II

LES PRISONNIERS.

Voici ce qui s'était passé :

Jusqu'à la nuit tombée, le nouveau venu ne prononça pas une parole. Religieusement, ses compagnons de captivité respectèrent son mutisme. Mais une fois que les ténèbres furent bien épaisses dans la prison, après que la première ronde des geôliers fut finie, d'un ton impératif il appela :

— François!

Aussitôt Coupe-Jarrets, qui était étendu sur le lit de camp, se coula vers lui. Ils commencèrent alors, de façon cependant à n'être pas entendus des autres brigands qui se retiraient avec déférence, à l'autre extrémité du dortoir, un dialogue, qui dura la plus grande partie de la nuit. Puis, tout à coup, un gémissement étouffé, une odeur âcre de chair brûlée roula dans l'é-

(1) Voici la copie de la sentence relative à Charles Ricque.

troit espace, et l'on entendit ces deux courtes exclamations :

— O Monseigneur, quel courage !

— Tais-toi !

Et tout retomba dans le silence.

Le lendemain, à l'heure du lever, Monseigneur, le visage tourné vers la muraille, paraissait toujours dormir. La bande fut à son travail. Quand elle rentra pour déjeuner, la salle était vide. Cela n'étonna personne, on pouvait penser que le coprisonnier subissait un interrogatoire. Mais au retour des ateliers, dans la soirée, ne le trouvant pas davantage, la plupart des détenus échangèrent un regard mêlé de surprise et de consternation. Seul le visage de Coupe-Jarrets s'éclaira d'un sourire satisfait.

Et ses lèvres marmottèrent à plusieurs reprises :

— Quel homme ! quel homme que Monseigneur !

On entoura François, on le pressa de questions ; il se laissa un peu prier.... Enfin, à voix basse, et en usant de la langue argotique, il fit à ses complices les révélations suivantes, que, pour la rapidité du récit, nous nous bornons à résumer en langage ordinaire :

— Mes gars, votre chef vous est rendu. Où il est à présent, je le sais, mais je ne vous le dirai pas. Soyez sûrs seulement qu'il s'occupe de vous, quoique vous ne valiez pas grand'chose, d'aucuns surtout, ajouta-t-il en se tournant du côté du père Petit-Jean ; que ceux-là prennent garde à eux ! Ils nous ont déjà trahis ; on les a manqués. S'ils nous trahissaient encore, moi, je me chargerais de leur rogner la langue, et autre chose, foi de Coupe-Jarrets !

Y compris l'inculpé, qui tremblait de tous ses membres, la troupe entière applaudit silencieusement.

Maître François reprit d'un ton moins élevé encore :

— Rangez-vous autour de moi, les amis, et écoutez ceci: « Il va nous aider à nous tirer d'affaire. Que le secret soit bien gardé ! sinon... »

S'adressant directement au père Petit-Jean :

— Toi, si tu nous vends, je ne te manquerai pas, cette fois.

— Je n'ai jamais vendu un camarade, répondit l'accusé en tremblant.

Charlesris se jeta sur lui et le saisit par le cou, comme pour l'étrangler.

— Il a menti !... C'est lui...

— Allons, pas de tapage, pas de tapage. La place et le moment ne sont pas propices pour faire des histoires, intervint Coupe-Jarrets. Ici, nous avons besoin de nous aider mutuellement. C'est le moment ou jamais d'observer les statuts de notre association. Charlot, laisse là le vieux.

Plus tard, nous réglerons le petit compte que nous avons avec lui. Moi-même... Enfin !... Ça viendra. Je vous le recommande. Ayez l'œil sur lui. Veillez au grain. Mais, pour le quart d'heure, ne lui faites pas de mal, à la condition qu'aussitôt hors d'ici, il donnera à chacun de nous un billet de cinq mille...

— Ah ! s'écria l'imprudent ; oui, si nous pouvons nous tirer... et si je les avais !

— Bah ! tu en as bien d'autres ! fit négligemment Coupe-Jarrets.

— Je jure...

— Tu n'as pas besoin de jurer. Livre-nous le secret de ta cachette de Maulnes, on te fera grâce du reste.

Le père Petit-Jean ne répondait pas.

— Allons, demanda Charlesris, d'un ton simulé, faut-il l'exécuter ?

Ses doigts noueux commençaient à serrer au cou du malheureux un collier dur comme du fer.

— Mais à quoi bon, puisque vous êtes en prison ? se prit à dire la victime.

— Nous en sortirons !

— Comment ! exclama Petit-Jean, se débattant sous l'étreinte du bourreau.

— Où est ta cachette ?

— Je n'en ai pas...

— Qu'on en finisse avec lui ! commanda froidement Coupe-Jarrets.

— Par pitié ! supplia l'autre.

— Ta cachette ?

— Avez-vous un moyen, pour nous échapper ?

— Oui... Ta cachette ?

— Eh bien...

Le père Petit-Jean articula ces mots d'un accent strangulé.

Il s'évanouissait.

Lâche-le ! ordonna maître François, et qu'on lui jette une potée d'eau sur la figure.

Sous cette ablution, l'infortuné colporteur ne tarda pas à recouvrer ses sens. Ensuite, d'une voix faible, il avoua avoir enfoui une somme considérable au pied d'un arbre qui ombrageait le puits des Romains dans la forêt de Maulnes, celui même auquel il avait été pendu, et sous lequel il aurait, l'année précédente, trouvé la mort, sans l'arrivée de la maréchaussée, qui s'était emparée de lui et l'avait fourré en prison, après l'avoir décroché et soumis à un examen auquel il refusa de se prêter.

Les indications qu'il donna à ses complices, sur l'endroit où il avait enterré son trésor, leur semblaient suffisantes, sans doute, car, à un signe de Coupe-Jarrets, Charlesris abandonna le père Petit-Jean, et l'autre poursuivit son discours :

— Le premier de nous qui pourra s'évader se rendra au lieu désigné par le vieux. Il prendra sa part, rien que sa part de la somme, en laissant le reste pour les associés, sans omettre la double portion de Monseigneur, qui travaille à notre salut commun. Ne vous inquiétez pas de ne le plus voir ici. Il n'est pas loin. Bientôt nous aurons de ses nouvelles. Mais n'oubliez pas, dût-on vous mettre au cachot, aux fers, à la torture, que vous ne le connaissez point, et ne l'avez jamais connu. Il y va de notre vie à tous!

— C'est convenu! firent les bandits, sauf le père Petit-Jean, qui pleurait dans un coin; mais qui se redressa et se rapprocha vivement, en entendant Coupe-Jarrets prononcer cette phrase :

— Maintenant, mes petits enfants, je vais vous donner la clef des champs. Ce n'est pas à moi, mais à Monseigneur que vous la devez. Il compte peu sur votre reconnaissance, mais il compte sur votre propre intérêt pour l'aider,si vous parvenez à décamper avant lui, et sur votre dévouement, aussitôt que nous aurons repris la campagne. Serrez-vous autour de moi et retenez bien mes instructions.

« Monseigneur m'a appris que le sol, sous nos pieds, est un composé de sable et de cailloux. D'ici à la chambre où couche le gardien en chef, il y a six à sept mètres. Cette pièce est située au rez-de-chaussée, sur une cave, à laquelle on accède par une trappe qui n'est jamais fermée, mais recouverte d'un simple paillasson. Une fois dans la cave, rien de plus facile, comme vous voyez, que de parvenir chez notre geôlier. On le surprend dans son premier sommeil et...

Un geste éloquent acheva la pensée du scélérat.

— Et, s'inquiéta Videpot, cette cave est-elle bien garnie?

— Il ne s'agit guère de cela! fit aigrement Serrurier, connu aussi sous le nom de l'Acajou.

— Non, reprit Coupe-Jarrets, il ne faudra certainement pas s'amuser dans la cave, et le premier qui s'y oublierait, je ne l'oublierais pas, moi!

L'Acajou reprit :

—Mais, pour y arriver, à cette cave?

— Rien de plus facile.

— Facile! facile! grommela le Borgne.

— Je répète que rien n'est plus facile, et je le prouve, repartit Coupe-Jarrets.

— Voyons ton plan.

— Je le déroule, et, si vous l'exécutez convenablement, dans quinze jours, mes braves, nous ne serons plus à l'ombre.

—Chut! souffla le père Petit-Jean.

Un son de pas s'élevait à l'extérieur. C'était la garde de nuit qui venait éteindre les lumières en faisant sa première ronde.

III

LE PRISONNIER.

Monseigneur ne s'était pas échappé; il n'avait pas été soumis à un nouvel interrogatoire; mais le gardien en chef venait de le faire transférer à l'infirmerie de la maison d'arrêt.

Monseigneur était gravement malade. Cette maladie, il l'avait provoquée, avec un sang-froid et une bravoure dignes d'une meilleure cause, pour les raisons suivantes :

Arrêté à Montbard, comme ayant quelque ressemblance avec un certain Julien Riel, que poursuivait le parquet de Dijon, pour rupture de ban, il avait vaillamment, après s'être défendu contre les gendarmes, résolu de détruire les principaux caractères de son identité. En conséquence, durant le voyage de Montbard à Dijon, Monseigneur ou le vicomte de Longpré ou Jules Riel, comme on voudra l'appeler, s'était plus d'une fois meurtri et écorché le visage à l'aide de ses menottes.

Ce qu'il appréhendait le plus, c'était d'être confronté avec les gens de la bande Charlesris ou même d'être mis en leur présence; et ce qu'il appréhendait le plus arriva. Mais les complices étaient discrets, dévoués : ils ne le trahirent pas, on l'a vu. Cependant, une délation était à craindre. Monseigneur se défiait, à tort ou à raison, de Petit-Jean. Il décida de se séparer d'eux coûte que coûte. Je me rendrai plutôt malade, se dit-il, et l'on me logera à l'infirmerie. Double avantage, pour moi, car là, je trouverai plus aisément qu'ici le moyen de m'échapper! Cependant, si j'étais seul, ce serait vite fait! car il me souvient que, déjà, dans cette même salle, nous avions, il y a six ans, combiné un plan... Mais mettre ces gaillards-là dans la confidence! puis filer avec eux! Impossible... Il faut agir isolément...

Monseigneur alors, remarquant que la nuit était tout à fait close, appela Coupe-Jarrets. Il lui fit part de ses projets et des soupçons que lui inspirait Petit-Jean.

— Le misérable! dit François, il ne tient à rien que je l'estourbisse.

— Non, non; garde-t'en bien. Nous devons le conserver; car il a un trésor...

— Je sais, je sais; mais je me vengerai tout de même sur sa peau; je lui brûlerai la sorbonne (1).

Monseigneur se mit à rire.

— Et avec quoi? fit-il.

— Oh! j'ai mon affaire.

— Qu'est-ce donc?

— Une petite bouteille de vitriol que je tiens cachée pour quelques circonstances.

— Un flacon de vitriol! dit Monseigneur, en tressaillant.

— Oui, je le porte, avec un tiers-point, sous mon aisselle.

— Veux-tu me donner ce flacon?

(1) Tête.

— Tout ce que j'ai est à vous, Monseigneur, repartit Coupe-Jarrets, en passant, dans l'obscurité, une étroite fiole plate à son interlocuteur.

Sans répondre, celui-ci saisit le flacon, le déboucha, versa le contenu sur un pan de son vêtement et se frotta le visage.

C'est à ce moment que se répandit dans la prison cette senteur infecte dont nous avons parlé.

La douleur arracha au patient un cri étouffé. Mais ce fut tout. Avec un courage stoïque, il endura ses souffrances. Le lendemain, une fièvre ardente le dévorait. La face tuméfiée, d'un jaune violacé, était méconnaissable. On supposa qu'il avait voulu se suicider, mais que la force morale lui ayant manqué, le poison corrosif s'était répandu malgré lui sur son visage.

Il fut, on l'a dit, transporté à l'infirmerie. La salle principale était comble. Provisoirement, on l'installa dans une pièce particulière.

Cette pièce, nous allons la crayonner. Elle doit exister encore dans l'ancienne maison d'arrêt de Dijon. Elle était carrée, tapissée, possédant une cheminée, une alcôve et avait deux fenêtres, l'une s'ouvrant sur le préau, l'autre sur la rue. Cette seconde croisée était défendue à l'intérieur par un cadenas et à l'extérieur par une triple grille, composée, d'abord, de huit forts barreaux de fer, puis d'un treillis en fil d'archal, et enfin d'une claire-voie en osier, s'élevant à mi-hauteur de la baie. Pour prévenir toute communication avec le dehors, les vitres étaient en dehors recouvertes d'une couche de blanc d'Espagne.

Une double porte bardée de fer, de verrous, séparait cette chambre des autres salles de l'infirmerie, dans laquelle régnait, à cette époque, une épidémie variolique, qui fit de nombreuses victimes.

Bien que très-souffrant, Monseigneur ne fut pas longtemps sans reconnaître les avantages de la position que le hasard venait de lui donner. Il fallait en profiter. Dès le jour suivant, après la visite d'un médecin, le prisonnier, la tête enveloppée comme une momie égyptienne, se traîna jusqu'à la fenêtre. Le cadenas n'était pas difficile à forcer ; mais les barreaux offraient une sérieuse résistance. Monseigneur se faisait ces réflexions, quand il découvrit qu'une averse avait détérioré la couche de peinture qui voilait la transparence des carreaux supérieurs. Quelques éclaircies permettaient d'apercevoir la maison d'en face, sur la rue de l'École-de-Droit.

— Dans huit jours, je ne serai plus ici, se dit Monseigneur.

Le lendemain, s'aidant d'une chaise, il se hissait à l'appui de la fenêtre, et, à travers les vitres de la grille, plongeait librement ses regards sur la voie publique. Il pouvait tout voir, on ne pouvait le voir.

Cependant, une pluie diluvienne survenue peu de temps après son incarcération dans cette chambre acheva de nettoyer les vitres de la fenêtre. Les geôliers n'y firent aucune attention. Leur malade paraissait si dolent, si faible, qu'on l'avait presque condamné.

Lui, néanmoins, tenait à la vie autant qu'à la liberté. Par un procédé assez connu de ces militaires qui préfèrent l'hôpital au service, il entretenait la fièvre en son corps, et agitait en son esprit un plan d'évasion. Sa mémoire lui rappelait tous les expédients employés par les prisonniers fameux, dans des circonstances semblables, les Pélisson, Latude, Trenck, Silvio Pellico. Aucun, toutefois, ne semblait approprié à son cas. On ne pouvait songer à fuir par la fenêtre : non-seulement l'épaisseur des grilles s'y opposait, mais au-dessous même, veillait, jour et nuit, une sentinelle. Restait la cheminée. Une double barre de fer, implantée sur le chaperon, en défendait l'issue. La desceller n'était pas une affaire. Mais le captif n'avait alors pas assez de vigueur pour grimper dans le tuyau et descendre ensuite avec une corde, par une nuit sombre, à quelques pas du factionnaire. Il devait se résigner à attendre, quoique l'attente elle-même pût le perdre ; et il s'y résignait, tout en fabriquant une corde avec la paille de son lit et des brins de fil empruntés à ses vêtements, quand, un jour, qu'il était en observation devant ses carreaux, il distingua, accoudée à l'entablement d'une fenêtre de la rue Sainte-Madeleine, une femme dont l'aspect le fit frémir d'espérance. Elle était modestement vêtue d'un costume mi-parti clérical, mi-parti laïque.

Monseigneur se hâta de monter sur sa chaise, pour mieux examiner cette personne, car on se rappelle que dans la claire-voie d'osier, ne s'élevant qu'à la moitié de la croisée, était le plus grand obstacle que rencontrât l'œil dans ses excursions *extra muros*.

La femme resta à peine quelques minutes à la fenêtre.

— C'est elle ! je suis sauvé ! se disait joyeusement le vicomte de Longpré, en regagnant son grabat dès que l'inconnue eut disparu.

De bonne heure, le lendemain, il fut à son poste. Elle se montra. Leurs regards se croisèrent. Ils se reconnurent. Dès lors, il faut communiquer, échanger des idées. Dans sa chemise, Monseigneur taille une bandelette d'un pouce environ de largeur ; il lui donne la forme de lettres, qu'il applique aux carreaux, il la fait parler ; pour eux ce mince ruban de toile, devient un alphabet, une langue.

Au bout d'une heure, Olympe du Val est au courant de la situation du vicomte, et par des signes dactylologiques, elle l'a informé qu'elle faisait des démarches, auprès du parquet, afin d'obtenir la permission de le visiter (1).

Plus que jamais la prudence était de circonstance. Le

(1) Historique.

Malheureuse! proféra le père Petit-Jean, en se redressant. — Page 60.

prisonnier reprit le lit et feignit un redoublement de malaise. On le pensa perdu. Il venait d'être administré, lorsqu'une dame, munie d'une autorisation du procureur du roi, se présenta au greffe pour le voir. Son costume austère annonçait plutôt une sœur converse qu'une femme du monde. Après avoir pris connaissance du permis, M. Lapostolet n'hésita pas à la faire conduire, accompagnée d'un gardien, au prétendu moribond.

Il paraissait à l'agonie. Elle s'agenouilla au pied du lit, sans dire un mot, sans même regarder le malade et se mit à débiter des oraisons. Mais, tandis que le geôlier avait les yeux tournés, Olympe glissait entre le matelas et la paillasse, un petit paquet qu'elle avait tenu jusque-là caché sous sa guimpe.

Puis elle se releva, fit le signe de la croix, et humblement, la tête baissée sur la poitrine, les mains croisées sur un livre de prières, d'un pas lent, elle redescendit au greffe.

Autant que la jeune femme, le jeune homme s'était montré impassible.

— Il est bien mal, ma bonne sœur ! fit M. Lapostolet, en prenant congé de la charitable dame.

— Ah ! monsieur, il est perdu, l'infortuné !

Il appartient à une bonne et honnête famille. Par malheur, les égarements de la jeunesse... les mauvaises fréquentations... l'ignorance de ses devoirs... la perversion trop naturelle à ce siècle corrompu... et l'oubli de la religion... Ah ! monsieur ! monsieur ! c'est bien triste à penser... Mourir à la fleur de l'âge... Mais il a reçu les derniers sacrements, n'est-ce pas ?

— Oui, madame.

— Puisse-t-il s'être repenti, et Dieu lui pardonnera...

— Mais vous connaissez sa famille ? interrogea habilement M. Lapostolet.

— C'est-à-dire que je l'ai connue ; M. le procureur du roi en est instruit... Pauvre enfant, va ! Bonsoir, monsieur !

Le gardien en chef oublia de répondre : il était soucieux.

IV

TENTATIVE D'ÉVASION EN PARTIE DOUBLE.

La nuit est très-noire. Sur le pavé, contre les vitres, un tout petit bruit, incessant, monotone, bat une pluie fine et serrée.

Dix heures viennent de sonner aux horloges de Dijon. Mais la vie n'y sommeille pas encore. Que de gens sont debout ! Grande est l'animation en divers lieux ! Dans les cafés, les estaminets, regorge la foule ; dans les bals publics, elle est compacte aussi. Et si, des passants, les rues sont clair-semées, bien des personnes veillent en la vieille cité bourguignonne, agitées par les passions les plus généreuses ou les plus viles !

Et c'est ainsi que l'on veillait à l'*Hôtel du Parc*, comme rue de la Madeleine, comme dans une chambrée, comme dans la succursale de l'infirmerie de la prison de Dijon.

Arrêtons-nous à cette dernière.

Toujours, nous sommes en présence de Julien Riel, autrement dit, vicomte de Longpré, Monseigneur, — en définitive le meneur de cette bande, dont, en nos pays d'Auxois et de Tonnerrois, Charlesris passa si longtemps pour être le chef, alors qu'il n'en était qu'un comparse obscur.

Monseigneur s'est levé, tout nu, il a grimpé dans le tuyau de la cheminée, rapidement descellé les barreaux entrecroisés qui en garnissent l'extrémité supérieure ; puis il est redescendu, s'est recouché, et, à l'aide d'un rat-de-cave, il déchiffre, pour la troisième fois, un billet tracé avec une encre sympathique.

Ce billet ne contient que quelques mots, mais, dans un paquet étalé sous la couverture du lit se trouvent des limes, un pistolet à deux coups, un passe-port, et quelques billets de banque.

— Elle me dit que tout sera prêt pour minuit, pense le vicomte de Longpré, elle m'attendra dans une chaise de poste, près de la porte Saint-Pierre. Nous gagnerons la frontière suisse. Mais pourrai-je aller jusque-là ? Je suis épuisé. Et puis ces horribles blessures que, volontairement, je me suis faites ! Elle ne m'a point vu ! Elle ne sait pas combien je dois être affreux, à cette heure ! Mon aspect lui fera peur ! je suis hideux, je le sais, moi ! Ne vaudrait-il pas mieux en finir avec la vie ? J'ai là l'instrument... ce pistolet... Qu'irai-je faire dans le monde, à présent ? On se moquera de moi. D'ailleurs, j'aime cette jeune fille. Mon amour est sérieux ; il est immense comme mon désir d'être aimé d'elle, comme mon désir de tuer mon rival... Ah ! il est plus fort que moi, celui-là !... ou plutôt la fatalité me poursuit !... Quoi ! toucher au but de mes aspirations ; et quelles aspirations que celles qui toujours brulèrent mon esprit et mon cœur ! enlever cette fillette, l'emporter dans mes bras, à travers cet incendie qui a dû faire rire le diable lui-même, m'attribuer la puissance d'un héros, d'un demi-dieu, quand j'avais tout disposé pour mon heureux exploit ; sentir la fortune, les jouissances, me baigner de leurs voluptueuses effluves, toucher au port, au salut, au bonheur et... patatras trébucher bêtement sur un grain de sable ; rouler, m'abîmer, me perdre, parce qu'un rustre me fait obstacle... Ces choses-là n'arrivent qu'à moi !...... qu'à moi qui me croyais fort.... mais, va !

Puis après un moment d'amères réflexions, il parut reprendre courage à la lutte criminelle qu'il soutenait contre la société :

— Allons, continua-t-il, tant qu'un souffle de vie résidera en toi, mon garçon, il devra y entretenir le flambeau de l'espérance. Tirons-nous d'abord de prison, puis nous verrons si c'est Olympe, à la porte Saint-Pierre, ou Aurélie, à l'*Hôtel du Parc*, qu'il vaudra mieux rejoindre !... Quand je pense que cette Aurélie est la cause de mon incarcération, que je serai défiguré à tout jamais...

Se livrant à ces pensées, Monseigneur se levait pourtant, faisant un paquet de ses vêtements, roulait autour de son corps une longue corde à nœuds, et reprenait l'étroit conduit de la cheminée.

Pour lui, quoique malade, très-affaibli encore, l'ascension ne fut point longue, pas trop fatigante. On sait quelles étaient ses forces herculéennes, son agilité de clown.

Arrivé sur le toit, il s'habilla, gagna le mur du préau des prisonniers pour dettes, en longea le chaperon jusqu'à un bâtiment public qui s'élevait à l'extrémité, attacha sa corde à une solive du faîte, après avoir enlevé quelques tuiles de la couverture, il se laissa glisser vers le sol, son pistolet dans les dents.

Il pleuvait toujours, et toujours les ténèbres étaient profondes dans la rue de l'Ecole-de-Droit, malgré un réverbère branlant, qui projetait des lueurs fuligineuses devant le carrefour de la prison.

Par malheur pour lui, Monseigneur n'avait pas mesuré la longueur de sa corde à la hauteur du mur.

Parvenu au bout, il lui restait une dizaine de pieds à parcourir dans le vide. C'était une misère. Mais en tombant sur le pavé, le pistolet qu'il tenait à la bouche lui échappa, l'arme partit ; le factionnaire se précipita hors de sa guérite en criant :

— Qui vive !

Et en appelant le poste.

Puis, discernant un homme qui fuyait dans l'ombre, il fit feu.

L'homme tomba, frappé d'une balle dans les reins.

Il était mort.

Est-il nécessaire de dire qu'aussitôt le quartier fut en émoi. Grand trouble naturellement aussi chez les gardiens de la prison. Il n'y eut pas jusqu'aux deux féroces mâtins, véritables *bloodhounds*, qu'on lâchait chaque soir dans le préau, pour plus de sécurité, qui ne prirent part au tumulte général.

— Nous sommes *macaronnés* (1), voici les *tambours* (2), grommela Coupe-Jarrets, entendant le vacarme.

— Ah ! fit Charlesris, je connais bien le *friquet* (3).

— *Copins, faut se cavaler, ou on sera paumé marron*(4), ajouta l'Acajou.

— Bah ! allons jusqu'au bout ! *si la veuve est là, on l'épousera !*... au moins je *tumerai un polichinelle à sa santé* (5) *!* nasilla Videpot.

— Voyons, reprit sourdement Coupe-Jarrets, ne jasez pas comme des sauterelles. Depuis une dizaine de jours, nous travaillons avec nos ongles, avec nos pieds, pour atteindre ce cellier. Il nous a été possible de tromper les *Grippe-Jésus* (6). Chacun a fait son devoir, l'un en dérobant des *nalines* (7) dans les ateliers, l'autre en se rendant malade, pour travailler pendant le jour à transporter les décombres de la fouille aux fosses d'aisances, tous en passant une partie de nos nuits à creuser le souterrain. Comme l'avait prévu Monseigneur, nous sommes arrivés dans la cave du *comte de la Garruche* (8). Elle est vide cette cave. Et si j'aperçois la trappe, je ne vois pas d'échelle pour y arriver d'un seul coup. M'est avis que nous devons regagner nos *édredons de trois pieds* (9), et attendre à demain, car ce soir nous sommes *gerbés* (10).

— Oui, on est gerbé ! répéta Videpot.

— Mais par qui ? reprit Charlesris.

— On le sait, continua Serrebourse, en indiquant du doigt le père Petit-Jean, qui se tenait à l'écart dans un enfoncement du cellier, éclairé par une chandelle baveuse.

— Monseigneur le disait bien, mâchonna Coupe-Jarrets entre ses dents ; il n'a jamais fait que monter le *vert en fleur* (1).

Puis, à haute voix :

— Allons, démarrons ! Quoi que ce soit, on va faire une ronde. Retournons là-haut. Tous sur le pont. Plus tard s'il y a un *raille*, on verra à le *suriner* (2).

En remarquant l'attitude hostile de ses compagnons, cauteleusement, le père Petit-Jean s'était approché d'une ouverture, de quelques pieds carrés, pratiquée dans la muraille. Aussitôt il s'y glissa. François dit Coupe-Jarrets, qui ne le perdait pas de vue, le suivit aussitôt ; puis, un à un, dans l'étroit boyau, s'introduisirent les autres.

De la sorte, ils rampèrent jusqu'à leur dortoir. Le père Petit-Jean arriva le premier. Il avait Coupe-Jarrets sur les talons. Charlesris lui succéda, puis l'Acajou, et François invitait le reste de la bande à se presser, afin qu'il pût refermer sur le trou la dalle sous laquelle ils avaient creusé leur galerie quand, tout à coup, s'ouvrit la porte de la prison.

Dans la confusion où se trouvaient nos détenus, et au milieu des hurlements des chiens, des cris que poussaient les prisonniers des autres salles, ils n'avaient rien entendu.

La preuve de tentative d'évasion était flagrante. Deux bandits se trouvaient encore engagés dans l'excavation.

— Ah ! s'écria Coupe-Jarrets, en voyant M. Lapostolet, escorté d'une patrouille, la baïonnette en avant, ah ! c'était donc bien vrai, le vieux *pantre nous mangeait* (3). Eh bien il ne l'emportera pas à *l'entiflie* (4).

Et se précipitant sur le père Petit-Jean, il lui plongea, entre les deux épaules, un tiers-point qu'il tenait à la main.

Le vieillard tomba à terre sans proférer une parole.

—Crânement touché ! s'écria Charlesris.

— Bravo ! il ne l'a pas volé ! exclamèrent les autres brigands.

. . . .

Il était environ minuit.

A l'hôtel du Parc, une jeune fille priait, pleurait et attendait en vain dans une chambre isolée

(1) Trahis.
(2) Chiens.
(3) Traître.
(4) Camarades, il faut s'en aller, ou nous serons pris.
(5) Si je suis livré à la guillotine, eh bien, soit ! mais je boirai un verre d'eau-de-vie avant d'y monter.
(6) Gendarmes, geôliers.
(7) Instruments pour les voleurs.
(8) Geôlier en chef.
(9) Lits de camp.
(10) Trahis.

(1) Conspirer.
(2) Tuer d'un coup de couteau.
(3) Le vieux scélérat nous trahissait.
(4) Église, par extension, paradis.

V

MARI ET FEMME.

« Quand le bonheur relatif descend du ciel sur la terre, c'est au doux foyer de la famille qu'il prend place ; c'est là aussi que, dur, terrible contraste, s'établit fatalement le malheur, lorsque les époux ne sont pas assortis. »

Il ne rêvait point, le père Petit-Jean, mais il était dévoré par une fièvre intense, mais une péritonite aiguë rapidement le conduisait au tombeau, pendant que, à voix haute, il jetait cette pensée, dans la chambre même où, peu de jours auparavant, le chef de la bande Charlesris méditait une évasion.

C'est là que le père Petit-Jean avait, — l'infirmerie de la prison étant comble,—été transporté. Au premier examen, le chirurgien déclara sa blessure mortelle. Elle l'était effectivement, et l'inflammation du péritoine, — cette horrible affection qui guère ne pardonne, —avait commencé et marché depuis deux ou trois heures, quand le misérable lança ce cri de détresse.

Une aimable image venait cependant de lui apparaître; sur ses joues pâlies jouait un bon sourire, des soupirs d'espérance glissaient de sa poitrine, il songeait à son enfant, sans doute, quand une femme entra dans la chambre.

Au bruit que fit le gardien, en l'introduisant, le père Petit-Jean tressaillit douloureusement ; et à la vue de cette femme, il poussa un hurlement de bête fauve réduite à l'impuissance.

Mais ses yeux, brûlant d'une flamme dernière, ses traits convulsionnés par la colère, son buste à demi soulevé, sa main frissonnante, étendue, disait éloquemment à cette femme :

— Que venez-vous faire ici ?

Impassible, froide, glaciale comme un marbre, elle s'avança néanmoins, s'assit sur une chaise, au chevet de l'agonisant, et de la voix la moins émue, mais à la sourdine, elle prononça ces mots :

— Vous ne m'attendiez pas, mon cher Jean ; néanmoins je veillais sur vous, ma présence en ce lieu en est la preuve. Devant moi, les portes se sont ouvertes, et c'est toujours chose merveilleuse que ma puissance, comme vous vous plaisiez à le dire autrefois...

— Autrefois ! répéta le malade, en faisant un soubresaut.

— Oui, autrefois, alors que vous m'aimiez, que vous croyiez en moi, car depuis... aujourd'hui...

— Malheureuse ! proféra-t-il, en se dressant, décharné, la sueur au front, sur son séant.

— Nierez-vous m'avoir aimée ?

— Hélas !

Et le père Petit-Jean retomba comme une masse inerte sur sa couche.

Elle reprit tranquille :

— Oui vous m'avez aimée, bien aimée !... Oh, j'ai la mémoire vive... A certaines heures, je me souviens de ces jours... Je les regrette... vous saviez tant et si bien aimer, Jean ! mais votre âge et le mien étaient en disproportion... disproportion grande ! Il vous fallait l'intérieur, à moi l'extérieur... Est-ce que je vous fatigue, mon ami ?... quittons ce pénible sujet...

— Oui, fit-il avec effort, oui, Olympe, taisez-vous...

— Oh ! je ne veux pas augmenter vos souffrances ! Je sais que vous avez été dangereusement blessé !...que l'on craint pour votre vie... que si vous revenez à la santé, une condamnation terrible... le bagne, pire peut-être...

— Taisez-vous !

— Mais, continua-t-elle imperturbablement, je sais aussi que je puis vous sauver...

— Me sauver ! vous... vous, Olympe !

Se penchant vers lui, l'effleurant de son haleine, elle ajouta :

— Et te rendre *notre* fille !

— Ma fille ! Aurélie ! s'écria le père Petit-Jean, bondissant comme mu par une pile électrique.

— Eh bien, oui... mais ne faites pas de bruit... on pourrait nous entendre... et si l'on entendait ce que nous disons...

— Parle, Olympe, parle et fais vite... je te pardonne... parle-moi d'Aurélie... où est-elle ? Je mourrai content, si je la sais heureuse... Ah ! si seulement une minute, une seconde, je pouvais la voir !... Aurélie !...

Il perdit connaissance, écrasé sous le poids de tant d'émotions. Madame du Val lui fit respirer un flacon de sels, et poursuivit avec calme :

— Mon bon ami, je vous tirerai de ce mauvais pas. Nous sommes unis l'un à l'autre par un lien indissoluble. Une différence d'âge a pu nous séparer ; j'ai pu être légère, inconséquente, parce que je ne vous comprenais pas plus que vous ne me compreniez ; mais maintenant que j'ai *mûri*, comme *vous* le désiriez, que je sais vous apprécier, je reviens franchement à vous...

— Trop tard..., marmotta le prisonnier.

— Non ; car nous avons Aurélie ! dit-elle avec onctuosité.

Un éclair traversa le visage du père Petit-Jean, dont la tête, se penchant vers celle d'Olympe, en reçut une caresse.

Instinctivement, il recula, comme au contact d'un serpent.

Elle reprenait de son ton le plus ramolissant :

— C'est vrai, j'ai commis des fautes, de bien graves ; mais quand tu m'as épousée, après avoir perdu ta première femme, je t'aimais, moi ! Malheureusement, nos goûts ne s'harmonisaient pas. Tu étais pour l'économie, la solitude; moi, on m'entraînait dans le monde et les plaisirs. Pouvais-je rester seule, toute seule, quand tu courais aux affaires ? Là, franchement, conviens que s'il y a eu des torts dans notre situation, ils sont des deux côtés...

— Vous m'avez déshonoré! fit-il en fronçant les sourcils, mais cédant à une sorte de fascination.

— Allons! ne parlons plus de déshonneur, repartit Olympe avec gaieté. Entre nous deux ce mot n'a point de valeur, votre genre d'opérations, mon ami, égalant le mien. Vous faisiez partie d'une troupe de...

— Chut!

— Oh! on ne nous écoute pas. De hauts personnages sont à mes pieds. Je connais la maison où nous sommes. Donc, je disais que vous apparteniez à une troupe....

— Mais, c'était pour faire face à ce luxe...

— Je sais, je sais, je vous coûtais cher. N'importe. Votre métier n'était pas plus estimable que le mien, avouez-le; et, quand après la naissance d'Aurélie, vous avez demandé et obtenu notre séparation de corps, en manière d'honnêteté, nous n'avions, certes, rien à nous envier. Les récriminations sont donc inutiles...

— Inutiles! Oh!...

— Apaisez-vous, mon cher Jean, et écoutez-moi jusqu'au bout. Voulez-vous sortir d'ici ? Rien n'est plus facile. Mais il me faut de l'argent...

— De l'argent! toujours la chanson d'autrefois...

— Oui, de l'argent, et beaucoup; vous en avez...

— Qui te l'a dit?

— Je le sais... Maître Morlot, notaire...

Le père Petit-Jean fit un soubresaut.

— Rassurez-vous. Ce que je vous demande, ce n'est pas pour moi, mais pour Aurélie!

— Si c'était vrai!

— Vous devez m'en croire, Jean! Oui, ce que je vous demande, c'est pour notre fille chérie... et pour vous sauver... J'ai corrompu un geôlier... dès que vous serez mieux, il facilitera votre évasion... Mais il faut payer cher ses services... cent mille francs.

— Cent mille francs! répéta le vieillard avec stupeur.

— Qu'est-ce que cela fait si nous te sauvons? n'es-tu pas riche à millions?

— Mais Aurélie, où est-elle?

— Ici, à Dijon, répondit Olympe, en arrêtant sur lui des regards perçants.

— Ici, à Dijon. Je pourrais la voir... l'embrasser!... Non, non, ne me l'amène pas... Je te le défends... Que toujours elle ignore... Est-ce que tu lui aurais dit ?.... ajouta-t-il d'un ton caverneux.

— Mon ami, je ne lui ai rien dit. Vous voulez savoir comment il se fait que notre fille est ici. Je vais vous le dire. Je n'ignorais pas que vous l'aviez mise en pension à Châtillon. En apprenant que vous étiez compromis dans une affaire et incarcéré à Dijon, j'ai dû m'occuper de cette pauvre chère enfant. Était-ce mal? Je pensai à elle avant de penser à vous... Je lui cherchai un protecteur...

— Un protecteur...

— Un mari, si vous préférez, n'était-elle pas en âge?...

— Un mari... vous...

— Pourquoi non ? ne suis-je pas sa mère après tout?

— Ah! c'est vrai, vous êtes sa mère, Olympe! articula le moribond, dans un rire sinistre.

Elle continua froidement :

— Parmi mes connaissances se trouvait un jeune homme riche, du meilleur monde, qui en devint amoureux. Mais la petite avait déjà fait son choix : un rustre des environs de Villon s'était accroché à son cœur. Mon jeune homme, *à moi*, trouva le moyen d'arracher Aurélie à un incendie...

— A un incendie... Aurélie... Et...

— Oui, mon ami, il l'enleva au péril de sa propre vie et il la transportait à Cruzy, pour lui faire donner les soins que nécessitait son état, quand cette brute... qui l'avait séduite...

— Séduite! ô mon Dieu!...

— Je veux dire qu'il s'était attiré ses bonnes grâces, quand ce lourdeau, dis-je, survint et voulut faire un mauvais parti à notre prétendant. J'arrivais à ce moment, je fis connaître mes droits...

— Vos droits! tes droits! exclama le père Petit-Jean en rugissant et mordant sa couverture.

— Mais nierez-vous que je suis sa mère? dit-elle du ton de la dignité offensée.

Puis se radoucissant :

— Tenez, ami, prenez une goutte de cette potion réconfortante et terminons une conversation qui vous fatigue. Voici une procuration en blanc pour toucher chez maître Morlot la somme que vous indiquerez; signez-la. Je vous tire de prison et Aurélie...

— Serait-elle mariée ?

— Non, hélas! soupira profondément madame du Val.

Un rayon de contentement colora la face blafarde du blessé.

— Mais, dit-il avec hésitation, le nom de celui...

— Il s'appelle le vicomte de Longpré.

— Vous avez dit ?...

— Le vicomte de Longpré! reprit à voix basse madame du Val, effrayée de l'altération qui, subitement, avait envahi les traits du père Petit-Jean.

Un éclat de rire infernal siffla à travers les dents serrées du moribond, et ces mots épouvantables tombèrent de ses lèvres :

— Le vicomte Hector de Longpré... Le fils de ma

première femme... Olympe, il s'appelle Julien Riel... Et tu veux lui faire épouser ma fille !...

Quelques hoquets terminèrent cette monstrueuse déclaration.

Le père Petit-Jean, Jean Riel, de son vrai nom, venait d'expirer.

La prétendue Olympe du Val s'était évanouie. En reprenant connaissance, elle s'aperçut qu'on l'avait emprisonnée dans une cellule du quartier des femmes.

Le soir, on la trouvait pendue à l'un des barreaux de cette cellule.

Un an après ces événements, à l'église Saint-Bénigne, de Dijon, une jeune fille, immensément riche, la veille, prenait le voile, après avoir donné tous ses biens aux pauvres.

C'était Aurélie.

Ce jour-là même, un jeune homme partait désespéré, pour le Havre et l'Australie, après avoir assisté à la pieuse cérémonie.

C'était Armand Lejeune.

FIN.

TABLE DES MATIÈRES

PREMIÈRE PARTIE.

DEUXIÈME PARTIE.

TROISIÈME PARTIE.

911. — ABBEVILLE. — TYP. ET STÉR. GUSTAVE RETAUX.

www.ingramcontent.com/pod-product-compliance
Ingram Content Group UK Ltd.
Pitfield, Milton Keynes, MK11 3LW, UK
UKHW020330220726
13923UKWH00003B/1476